晨讀10分鐘

我的成功，我決定

葉丙成 主編
包大山 繪圖

成功方程式 I 挑戰自我型

不斷挑戰自我，不怕輸不設限，
勇敢面對世界實現夢想！

成功方程式II

鑽研興趣型

找到自己的興趣才華，
不斷鑽研，讓自己成為真正一流！

成功方程式III
利他奉獻型
看到問題，捲起袖子，
找尋夥伴一同幫助需要幫助的人！

—編選人的話—

我的成功，我決定！

■葉丙成

在臺灣社會，真正過得快樂的人，很少。原因在於我們這個社會對於「成功」的定義，太單一了！我們的社會總是追求著虛有其表且非常狹隘的「成功」，大家口中的「成功」通常是一個比較的成果：求學的過程中，比分數、比名次、比學校；畢業出社會後，比收入、比階級、比公司。隨處可見同儕間的惡性競爭、家長的炫耀比拚，不但讓大家很辛苦，更造成人性的扭曲。結果是，這個社會每個人都過勞，有憂鬱傾向的人愈來愈多。長大後，真正快樂的人，少之又少。

許多人認為，孩子的未來就是要念名校，畢業後收入優渥、工作穩定，這才叫做成功。如果上班的公司名字響亮，可以跟親朋好友誇耀的話，那更是棒！我們許多人，從小就被這樣的

「成功」價值觀所制約，至於我們的天賦是什麼？「不重要，你好好讀書就對了。」我們的興趣是什麼？「不重要，你好好讀書就對了。」然後就遵循著這樣單一的「成功」價值觀，庸庸碌碌、汲汲營營的過日子。

這樣的日子快樂嗎？當然不快樂。更別提在這麼多人當中，真正能飛上枝頭當鳳凰的，有幾人？這些飛上枝頭的人，固然是比較有能力的，但他們捨棄了探索自己的天賦跟志趣，一輩子都走在世俗所設定的「完美道路」上。就算進了名校、進了名公司、賺了大錢，如果他們沒找到人生的意義，充其量也只是在過著物質不匱乏的日子，離真正快樂的人生還有很遙遠的距離。

所以無論是否能飛上枝頭當鳳凰，真正擁有快樂人生的人，幾希。

更悲慘的是，許多人長大成家、為人父母後，繼續用同樣狹隘、糟糕的「成功」價值觀，去壓迫自己的孩子，希望孩子能達到自己心目中那個定義非常狹隘的「成功」。這些爸媽在嘴上說著：「這一切，都是為你好啊！」虎毒尚不食子，怎麼人類更可怕？特別是華人社會，一代折磨著一代，傷痛與屈辱不斷地出現。簡直是無間地獄！

我們最愛的孩子，甚至於我們自己，都不該過這樣的人生。我們應該反思：

自己心中的「成功」，真的要交給世俗來定義？

為什麼要被世俗的標準牽著鼻子走？

為什麼我們不能為自己心中的「成功」設立標準？

曾經在課堂中，我問班上同學一個問題：「大家畢業後想當奴才嗎？不想的舉手～」班上六、七十位同學通通都舉手。但話說回來，什麼是「奴才」？要怎樣才能不當人家的奴才呢？

一個薪水不高、工作辛勞的服務生，他每天神采奕奕的上班，立志要讓每位被他服務的客人都充滿笑容。這是個奴才？還是非奴才？

一個薪水極高、工作輕鬆的經理人，每天上班沒有熱忱，只想找機會偷看股市、整天摸魚等下班。這是個奴才？還是非奴才？

我覺得前者不是奴才，後者才是奴才。

奴才的定義與否，看的不該是薪水、職位的高低。薪水、職位再高，上面總還有其他主管或客戶，還是得仰人鼻息。真正決定一個人是奴才與否，應該是：「你是否是自己的主人？」什麼叫做當自己的主人？簡單的說，就是你做這份工作是為了自己的理念、理想而作，而不是只為了老闆給的那些薪水、職位做事。如果不想當老闆的奴才，想當自己的主人，那自己的心中就必須有另一套評定自我價值的標準。

而對於自己是否「成功」的評斷，就取決於自己的理念、理想、夢想的實踐程度多高。一旦有這樣的價值標準，你今天在哪個職位、在誰之下被誰管，那都不重要了。你在這個位子工作，是為了實踐自己的某個理念、某個理想、或是某個夢想。從這個角度來看，這些主管、老闆，其實是在幫你實踐理念、理想、夢想的幫手，幫你成就了你的「成功」！奴才？你說誰還會是誰的奴才呢？

所以在談自己到底「成功」與否，更應該問的是：「你有沒有自己的理念、理想、夢想？」

擁有自己的理念、理想、夢想，聽起來好像很困難，這也的確是要花很多年去探索才有機會形成，卻值得我們一輩子去追尋。但很可惜的是，我們的社會氛圍並不鼓勵大家去探索這一塊，以至於最後每個人都一樣，只求過著安穩的、能溫飽的生活，絕大多數的人最後都變成奴才，至於夢想，就只是作作白日夢、自己想想而已。

如果，我們希望自己、或是下一代能有真正的快樂，就必須打破過於單一的成功定義，讓更多人知道：「每個人，都可以定義自己的成功！」這是我想主編這本書的初衷。

本書所收錄的22個人生故事，每一位主人翁都有他們各自想實踐的不同理念跟理想。他們追求的夢想，雖然各有不同；但相同的是，他們都是順著自己的心去決定想要追尋的人生方向，而不盲從世俗膚淺的成功定義。

我一篇篇細讀書中主角的人生故事，從中發現具有成就卓越的人，大致可分為三種類型：

I 挑戰自我型：不斷挑戰自我，不怕輸不設限，勇敢面對世界實現夢想！

例如：搖滾天團五月天、天王級企業講師謝文憲、全球獲得最多國際設計大獎華人設計師謝榮雅、前瞻火箭計劃創始人吳宗信、從工頭到超級講師王永福、馬戲雜耍表演者陳星合、臺大教授郭瑞祥、創新先鋒翟本喬。

II 鑽研興趣型：找到自己的興趣才華，不斷鑽研，讓自己成為真正一流！

這篇收錄的主角包括：嘻哈歌手熊信寬、知名漫畫家彭傑、世界哈雷改裝冠軍葉韋廷、鈑金世界冠軍馬祥原、國際服裝設計師詹朴、知名繪本作家陳致元、疊杯世界冠軍林孟欣。

III 利他奉獻型：看到問題，捲起袖子，找尋夥伴一同幫助需要幫助的人！

例如：「誠致教育基金會」執行長呂冠緯、「為臺灣而教」創辦人劉安婷、DFC發起人許芯瑋、打造美感教科書的「美感教育協會」、生命教育行動家李榮峰、「夢想之家」理事長廖文華牧師、偏鄉程式教育推手蘇文鈺。

我希望這本書能讓全臺灣的孩子、父母、老師，甚至是從事各行各業的無名英雄們看到，書讀得好不好沒關係，只要不斷挑戰自我，或是找到一個興趣不斷鑽研，或是能找到幫助別人的方法，你都有機會創造出自己的「成功」，且擁有一個心靈富足的人生。你將有機會得到真正的快樂。

活在狹隘的比較世界中，不僅對社會沒有幫助，也絕對會讓臺灣在原地踏步，期待我們可以一起跳脫社會的框架，自己定義成功，找到屬於自己的理念、理想、夢想，這比考試考一百分、進入百大企業上班還要可貴。在成為自己主人的道路上，你可能跌倒、你可能披荊斬棘、你可能有道難以翻越的高牆，但我衷心的期盼你能堅持下去，活出不一樣的成功。

期待有一天，你我都能大聲喊出：「我的成功，我決定！」

成功方程式 I

挑戰自我型

不斷挑戰自我，不怕輸不設限，勇敢面對世界實現夢想！

搖滾天團 五月天

我們的成功，是失敗的累積

文／馬岳琳

「我們這樣下去到底會不會有未來？」

一九九九年某個夏夜，士林到內湖的自強隧道還沒鑲上玻璃馬賽克的蟠龍翔鳳圖，五個高中時期就在一起玩樂團的大男生，也還不確定到底該不該走音樂路。

當時，雖被華語區最重要的唱片公司滾石看中、即將發行第一張專輯，但阿信內心還是百轉千折。「還沒發片前，我在幫角頭做錄音工作，那時候總有一種感覺，就是永遠都輪不到五月天。」那段日子，阿信每晚工作完後騎機車回實踐大學，一路上一定會邊騎邊想：「我們這樣下去到底會不會有未來？」

有一回，經過自強隧道時突然領悟，明明時間、青春那麼短，為什麼花那麼多時間想的，不是該如何達到夢想，而是反覆的懷疑迷惑？「我就告訴自己，在騎出自強隧道之前，我一定要把迷惑結束。」

正面積極的搖滾樂

講話像寫詞一樣的阿信，十年後回想自己這個「只能有一個自強隧道那麼長的迷惑」。事實上，那是從一九九七年五月天成立，到一九九九年出第一張專輯，「三年」那麼長的時間。

主唱阿信（陳信宏）、團長兼吉他手怪獸（溫尚翊）、吉他手石頭（石錦航）、貝斯手瑪莎（蔡昇晏）和鼓手冠佑（劉浩明）組成的五月天，如今在亞洲樂壇已享有「天團」美譽。

被稱為「演唱會之王」的五月天，第一張專輯發行一個月，就舉辦了萬人演唱會；二〇〇三年的「天空之城」，打破麥可傑克森來臺的四萬人最高售票紀錄；二〇〇九年「DNA五月天創造演唱會」在高雄舉行，一舉賣破五萬張票；二〇一一年底展開的「諾亞方舟世界巡迴演唱會」，吸引全球觀眾超過二百五十萬人參加，更站上流行音樂最具指標性的紐約麥迪遜花園廣場開唱。

而二〇一七年的新巡演「人生無限公司」，已預計在世界各地舉辦超過百場。

「這種數字表面是紀錄，但裡面其實是有一些不知名的力量在累積，」相信音樂執行長陳勇志觀察，當世界愈虛擬，真實體驗就愈珍貴，而搖滾樂的力量，就在現場演出。

五月天的音樂被外界形容為「正面積極的搖滾樂」，從不認為搖滾就是要握緊拳頭、憤世嫉俗。他們的演唱會熱鬧、熱情還賺人熱淚，歌曲主題離不開愛、夢想、勇氣。後青春期寫詩，時光機留言，自傳裡成名在望的少年，讓全臺灣的男男女女都曾是他們歌曲裡的「志明與春嬌」。

一個樂團要走十年並不容易，五月天的偶像披頭四，也不過走了十年。

音樂，來自生命體悟

堅持，是他們向偶像致敬的方式。

在出新專輯《後青春期的詩》時，阿信五天只睡兩小時，而且是在桌上趴著睡，大家把音樂做完後都在等他寫的詞，「但他們不會催我，只會在錄音室外走來走去，詞出來後，瑪莎和怪獸就拿去合音，石頭因為有家庭，晚上一定回家，早上來看還缺什麼再補上。就是這樣的關係，讓我們能面對每一次看似就要過不去的關卡。」阿信說，人會覺得過不去，是因為只看到自己。但如果想到朋友、家人，其實是所有的人都在陪著自己過不去，「當我想到他們，就會覺得很溫暖、很有力量，一咬牙，就過去了。」

樂觀幽默的個性、長期深厚的友誼，讓五月天不但在音樂創作上合作，也是彼此支持的重要力量。

二〇〇三年，怪獸的母親生了重病，每天加護病房、錄音室兩頭跑。發片日期迫近，石頭就來來回回把所有的錄音器材，都搬到醫院旁的旅館，等怪獸錄好音再搬回去。

「我媽生病之前，我可以大言不慚地說音樂是我的全部，我為了音樂做一切的犧牲。但媽媽生病後，你就覺得音樂什麼都不是，只有你的生活、你的生命才是最重要的，」有了這樣的體悟，反而讓怪獸對音樂有一種更客觀的角度，變得不再那麼急切地要把音樂做得很酷很炫有花招，「反而是要很誠實很努力的去過你的生活，然後把自己的感受放在音樂裡，那才是有生命力、真正屬於自己的音樂。」

怪獸就是從那時開始作曲，對他而言，這輩子最棒的不是出唱片開演唱會，而是有這四個難得的超級好朋友。

問他們為什麼成軍二十年不會散團？「相信你的團員是很重要的事，你有再遠大的夢想、再棒的音樂點子，只要你講出來的話是吵架，你就很難去完成它。」身為團長的怪獸說，他們五個人總是很努力地，在音樂上互相溝通和信任。

高中畢業，石頭曾在畢業紀念冊上寫：「如果我無法說話，音樂會是我的語言。」他比怪獸還早認定，自己的音樂就是要記憶生命中的喜怒哀樂、悲歡離愁。「這個世代讓很多人的情感變得很速食，我很怕自己會變成那樣的人，因為認真體驗生活中的大小事，才是最重要的。」曾經是火爆浪子的石頭，如今想利用在世界各地開唱的機會，「藉著音樂，把東方重視朋友、家庭的思惟，跟西方世界交流。」

五月天的搖滾裡有一種敦厚的吶喊，他們等待世界、靠近世界、擁抱世界，也得到世界的擁抱。不過，臺灣過去從沒有成功的搖滾樂團，可以想見，五人當初堅持理想所受的社會壓力。

「我們五個人的個性，都是比較樂觀又不服輸，一開始，周遭給我們的壓力全是『這不能當成你們的未來』，」冠佑解釋為什麼五月天一直嘗試告訴年輕人：只要是對的事、沒有違背整個社會，「去做就對了。」

吃炸雞當酬勞的日子

為了實現理想，五月天在成名前把握每一個被瑪莎形容為「難以理解的演出機會」。曾經有一家炸雞店開幕，想要請樂團來熱鬧一下，沒有舞臺也沒有酬勞，還要自己帶器材，「但可以現場吃免費炸雞啦！」講到這一段，五個人忍不住大笑。那時光是一張印有演出訊息的小小傳單，都會讓五月天開心半天。

他們想盡辦法自己創造舞臺。為了吸引觀眾，阿信聯絡北區各大專院校籌組搖滾聯盟，騎著摩托車載著五千張海報到各地張貼。找經費留紀錄做義工，只要能促成演出，再多苦都願意吃。

還記得一九九七年在大安森林公園有一個兩天的演唱活動，那時五月天剛成團，只能唱下午場。為了省錢，晚上還得自己看顧舞臺上的各式器材。阿信一個人坐在偌大的公園，幾個小時前還是舞臺絢爛燈火輝煌，「那時我就想，我們做了那麼多努力，就一定不能輸，唱的歌要比誰都好聽，演出要比誰都精彩。」這個倔強的心願，讓五月天一路從臺灣走向亞洲，再從安全舒適的華語圈外往跨，頂著勇氣和才氣，開拓歐美演唱會市場，挑戰更高的門檻。

二〇一四年二月二十一日凌晨四點半，五月天倫敦演唱會的當天，阿信在臉書上對著二百六十一萬的粉絲說：「困難的不是克服時差，而是跨出那一步的決心。」問他為什麼要闖蕩不熟悉的江湖？「以前都會想，總有一天要跨出華人圈，跟這個世界挑戰。不過沒想到，就會是今天這個樣子。」阿信說，他知道很難一次就讓自己的音樂擴散到非華人圈，但機會來了，就要把握。

搖滾演唱會與流行音樂不同，不是打扮得漂漂亮亮唱幾首歌就好，它的感染力有點像宗教，會讓人認同、相信「世界可以因我而改變」。但是，在今天這個沒有越戰、韓戰、冷戰的時代，搖滾樂似乎失去了共同的敵人。

「大家以為搖滾樂一定要大聲抗議或離經叛道，但披頭四、平克佛洛依德、U2、胡士托音樂節，都是用樂觀積極的態度來面對世界。我受這些樂團很多影響，他們告訴我這個世界很美好，值得你站出去為它奮鬥，」瑪莎相信，即使人生有不滿有苦澀，只要努力過，總歸結果會是甘美的。

「也許世界有很多令人討厭、不爽的事，我可以用歌詞去攻擊它、用鼓去轟炸它、用吉他去挖苦它。可是，有個從小就聽過的故事《太陽和北風》，我們若去轟炸世界，可能大家只會把外套包得更緊、把耳朵都塞起來吧，」阿信分析。

二十年、九張專輯、超過百首歌曲，五月天也曾面對突破瓶頸的困境。

「其實對我們來說，創作上百分之九十九都是瓶頸，因為創作是你盡了一百分努力，最後才會有一分成果，」阿信寫歌詞，寫一百句大約只能用一句，「所以每完成一句歌詞，我就要面對九十九句的失敗。」

我跟失敗相處得滿好

人的一生就算天分不足、靈感不夠，但誰能跟自己的失敗相處得最好，誰就愈能坦然面對自己，又能在成功後不會患得患失的繼續走下去。「學校最應該教的是如何跟失敗相處，」阿信很認真的說。

「我們都是平常人，不是李白，李白寫個五言絕句可能酒一喝，在空中比劃一下就寫出來了，可是我們都有機會變成一個後天自己努力來的李白，」阿信說。大家看不見的是他們曾經拋棄了多少音符小節、試唱母帶。阿信可以寫四百句歌詞，最後得到四句，但這四句，足以燃燒無數年輕的心。人們總說，搖滾的不可免俗，就是想要改變世界。但五月天的搖滾樂讓人發現，他們改變世界的方法，是先改變那個被世界改變的自己。

——馬岳琳更新自：《天下雜誌》第四三五期，二〇〇九＆第五四二期，二〇一四。

與眾不同人物小檔案

五月天

人物介紹

成員共五人：主唱阿信、團長兼吉他手怪獸、吉他手石頭、貝斯手瑪莎、鼓手冠佑。團名來自瑪莎在 BBS 上的代號「May-day」。曾創下臺灣樂團舉辦演唱會最高人數、拿下金曲獎四座「最佳樂團獎」等紀錄。成軍 20 周年的五月天，截至目前為止共發行九張專輯。2017 年 3 月 29 日於成軍紀念日當天，於大安森林公園舉辦免費演唱會，現場共聚集 3 萬 5 千人，於 youtube 全程直播，高峰達到 40 萬人次。新浪微博直播線上最高同時觀看人次為 529 萬，YouTube 總播放次數為 224 萬，新浪微博則是 9,393 萬次。再次刷新紀錄。

與眾不同學習密碼

1. 當你感覺熟練，就代表應該要砍掉重練

創意是作品，而不是產品。每一次創作都要嘗試不同的方式，避免複製過去的自己，否則無法做出令人尊重的作品。

2. 青春這麼短暫，為什麼要花這麼多時間迷惑？

只給自己「一個自強隧道」長的時間迷惑，過了之後就要把迷惑結束，勇敢面對自己的人生選擇。

3. 要有其它四根手指的輔助，大姆指才能比出一個讚

我們五個人就像五根手指，每根手指都各有用處，缺一不可，握起來也是最有力量的時刻。

（文字整理：林靈姝）

天王級企業講師

謝文憲

當你覺得有困難，才有機會成長

文／李翠卿

在兩岸三地的企業培訓圈，大概沒有人不知道「憲哥」這個名字。但不是每個人都知道，有「企管內訓天王」之稱的「憲哥」謝文憲，他的生涯路並不是一路都這麼光鮮順遂，而是經過幾番起伏，才達到今天的成就。如果你現在對未來感到迷惘，不用擔心，他也曾經走過跟你一樣的心路歷程。

「我並沒有那麼厲害，一開始就很清楚知道自己想做什麼，但我有個優點，就是不怕去嘗試，」謝文憲大學畢業以後，做了三年的幕僚工作，先是在台達電擔任人資、採購，後來又跳槽到中強去擔任人資。

這三年的幕僚生涯，讓他得到一個結論：自己性格外向、喜歡接觸人，其實並不是很適合做這種「坐辦公室」的工作，謝文憲下定決心讓自己歸零、重新開始，在訂婚前，決定轉換跑道去做業務。

謝文憲並不覺得這幾年的幕僚經驗是一種「空轉」，「它至少讓我可以刪除一些選項，若沒有嘗試過，又怎麼能確定自己不適合？」

正向心態面對問題

謝文憲的第一份業務工作是信義房屋的仲介，二十三年前，信義房屋規模還很小，房仲的地位也不是很高，有人跟他岳父母打聽：「你女婿在哪裡上班？」他岳父母剛開始都面帶尷尬，說得很含糊：「哎，就一間小公司啦。」

謝文憲下定決心，一定要做出一番成績讓大家刮目相看。當時他住在中壢，而公司在臺北市新生南路一段，為了免去通勤的時間浪費與勞頓，他以公司為家，晚上直接睡在店面二樓的小儲藏室，公司規定九點上班，但他每天早上七點就起床，先幫忙打掃環境、摺好行銷用的夾報，八點就開門營業。

房仲業的工時頗長，很多人都工作到晚上九點才下班，但謝文憲更拚，他願意工作到晚上十二點，因為這種拚命三郎的幹勁，他一開始就得到不錯的成績，很快就升上主任，然而，這也是挫折的開始。

因為當時政治局勢一度緊張，嚴重衝擊房市，他的業績也因此遭遇瓶頸，讓他從主任被降級為一般經紀人，謝文憲坦言，工作壓力大，加上降級讓他自尊受創，「那一年我真的做得很痛苦，很想離職放棄。」甚至還偷偷丟了履歷表，想要換工作，「但幸好沒被錄取，逼我不得不咬牙面對問題。」

當時，有一個跟他同一年進公司的年輕「同梯」，才用一年的時間，就從菜鳥搖身變為公司的Top Sales（頂尖業務），謝文憲很好奇對方是怎麼做到的，特地約他喝咖啡，請教業務之道。

謝文憲問他：「難道你都不會有挫折嗎？」那個同事告訴謝文憲，當他感到挫折時，他就騎著摩托車大街小巷到處轉轉，發現很多家戶都有掛出買賣房屋的看板，「可見得並不是沒有人要買賣房子，只是被比我更努力的人接到。」

謝文憲又問他：「當你遇到挫折時，你需要多少時間才能重新振作？」對方回答他：「我大概只要三十分鐘。」這讓謝文憲非常驚訝，因為他自己遇到挫折時，至少要糾結一個星期才能慢慢走出來。他體悟到，成功者跟一般人的差別就在於「抗壓性」，成功的人遇到難題時，不會糾結在沮喪的情緒中太久，而是運用正向思考，勇敢面對問題。

他沉澱下來，改換心態，把眼光聚焦在「如何解決問題」而不是「失敗的情緒」上，重新認真挑戰一次，接下來從二月到九月，謝文憲的業績大翻身，幾乎是其他同事的兩倍。一九九六年，他成功登上了店長的寶座，同年，還榮獲公司最高榮譽「信義君子」頭銜。

上初級班挽救菜英文

細數謝文憲的業務生涯，除了當過房仲，後來也在銀行、科技公司任職過，每一份工作都有不同的壓力與挑戰，但謝文憲都本著「放下情緒，面對問題」的態度，幫助自己關關難過關關過。

二〇〇〇年時，謝文憲因為業務表現亮眼，獲得外商安捷倫科技的大老闆青睞，以高薪延攬進公司。「一開始欣喜若狂，但進去以後卻好像墜落無底的深淵，」謝文憲坦言，自己以前英文超爛，但安捷倫是一家外商，無論是電子郵件往返或是開會，經常都要使用英文，「我看英文都像在看天書，開會則像鴨子聽雷，真的很痛苦。」

雖然既挫折又難堪，但他沒有打退堂鼓，三十二歲的他，鼓起勇氣去報名美語補習班，從初級班開始上起，班上同學都是中學生，他是最「高齡」的學生，就連老師都比他年輕，還用他來勉勵班上同學：「謝大哥這個年齡還認真學英文，大家要好好跟他看齊！」謝文憲只能不好意思的乾笑。

當其他同事下班休閒的時間，他就到補習班認真練英文，讓自己一點一滴進步，上了四個月，程度就已經晉升到中級班。「我知道自己的強項跟弱點在哪裡，只要能克服弱點，就有機會展露強項。」謝文憲說。

果然，打通了英文的任督二脈以後，做起業務來就勢如破竹，雖然臺灣市場不大，但他就是有本事把產品推銷出去，進公司隔年，他就拿到亞洲服務品質白金獎，三年後，更是奪得公司的最高榮譽「總裁獎」，安捷倫全球四十七位的得獎者中，臺灣人僅有兩位，謝文憲就是其中之一，公司還招待他搭頭等艙去夏威夷作為犒賞。

離開舒適圈，挑戰自我

事業扶搖直上之際，謝文憲的職涯卻大轉彎。「會走上講師這條路，算是一個無心插柳柳成蔭的故事。」當時謝文憲有個任職於銀行的朋友在文化大學兼課，因為有身孕不舒服，委請謝文憲代課，沒想到他的課大受歡迎，竟從代課變成常態，後來還被許多企業的人資單位甚至管理顧問公司注意到，邀約愈來愈多。

當時謝文憲在安捷倫如魚得水，年薪已經高達二百四十萬，公司福利又好，若要離職做專業講師，機會成本相當高；但是，他很享受在臺上「說出影響力」的感覺，也深信自己的天賦非常適合從事這份工作，經過仔細考慮，他決定離開「舒適圈」，進入企業培訓講師的領域。

剛開始，為了拚出一番成績，他幾乎快要拚出病來。連續四十天，每天就像通告藝人一樣到處趕課，「上到坐骨神經出問題，我連站都站不穩，必須要坐輪椅進浦東機場。」

人說「十年磨一劍」，謝文憲從二〇〇六年踏入講師界，這十年來，他用驚人的努力與毅力，一步一腳印，慢慢打開知名度，如今，他已經是企管顧問界的「天王級」講師，個人目前所累計的總授課時數已超過一萬一千小時，學員超過八萬五千名，被譽為最有影響力的職場企業講師，許多一流企業的大老闆或專業經理人，都曾上過他的課。

「如果我十年前戀棧那個（超級業務的）光環跟福利，就不會有後來的成就，」謝文憲回想自己的生涯路，他發現，自己進步最多的時候，都不是在「最舒適」的狀態下，而是遇到威脅、瓶頸，或是接受一個全新挑戰的時候，「因為處在太舒服的狀態，人是很難克服自己的惰性的。」

從幕僚到業務，又從業務轉戰企業講師，謝文憲慢慢摸索出一條屬於自己的康莊大道，他表示，「這都是不斷『嘗試』出來的，只有透過不斷嘗試，你才能找到自己的方向。」他建議年輕學子們，在求學階段不妨多方嘗試各種新事物，若有機會參加任何競賽，「只要有四十％的把握，你就勇敢舉手吧！就算失敗也可以累積經驗值。所以，真的不要怕遇到困難，當你覺得有困難，才有機會成長。」

——李翠卿採訪、撰文，二〇一七。

與眾不同人物小檔案

謝文憲

人物介紹

人稱「憲哥」。《富比士雜誌》公布亞洲前五十大最佳企業的授課講師，最具影響力的職場訓練大師，連續十年獲《管理雜誌》評選為華語知名企業講師。十多年來，為 300 家以上知名企業進行內訓、演講，產業遍及兩岸。目前擔任陸易仕國際顧問總經理，憲福育創、憲上數位科技共同創辦人，憲場觀點、憲上充電站節目主持人，《商業週刊》、《遠見》華人精英論壇職場專欄作家。著有《行動的力量》等七本書，該書亦為博客來、金石堂 2011 年年度排行榜暢銷書籍，最新著作為《人生準備 40% 就衝了！》（方舟文化出版）。

與眾不同學習密碼

1. 把握每一個機會，探索自己的興趣

透過一次次「小規模」的測試，你就會知道自己擅長、喜歡做什麼，對未來的方向感就會愈來愈清楚。

2. 每一次測試都要全力以赴

不管任何嘗試，你都要全力以赴，這樣的「測試」才有效果，如果只是抱持敷衍心態參加，當然不可能知道自己究竟能否勝任。

3. 人生有 40% 的把握就可以衝了

勇氣與行動、專業與熱情，會是人生成功的最佳良藥。

全球獲獎最多華人設計師

謝榮雅

想要創新，就要不怕失敗

文／藍麗娟

颱風咻咻，許多建築工地的鐵皮圍籬不支倒地，割傷行人、車輛與路樹，更重創施工進度。

同在風雨中，臺中生產力建設的建案「似水年華」工地，看似琉璃材質，由一塊塊六十公分乘六十公分的ＡＢＳ塑膠模組組合成的藍綠色圍籬，卻是屹立不搖。

這就是二〇〇六年七月一日奪得世界指標性四大工業設計獎項之一：美國ＩＤＥＡ大獎環境類金獎的作品。消息傳來，國內設計界與產業界歡聲雷動，連中國大陸媒體也額手稱慶。

那一年，才三十九歲的大可意念傳達設計總監謝榮雅，已經破了華人設計師的世界紀錄，一年內連續拿下德國iF、德國Red Dot與美國ＩＤＥＡ等三大世界設計大獎首獎，拿下三冠王。

「他真是我們的國寶！政府應該頒一個大獎給他！」生產力建設總經理張芳民認真地說。他的設計有什麼特色？設計理念是什麼？這東西方都接受的美感如何培養？為什麼能得到世界三大工業設計獎的首獎認可？

稻田裡培養美感

大自然與鄉村生活，給謝榮雅日後創作最豐富的智慧與靈感。

從小，謝榮雅在臺南縣後壁鄉（就是紀錄片《無米樂》記錄的農業聚落）後壁火車站前的基督長老教會長大。

三、四歲的時候，謝榮雅打開教會後門，是一望無際的稻田，從農夫播種到成熟、甚至收割稻草，四季變化的色澤，泥土的味道，都深深烙進他後來的工業設計理念：尊重大自然、永續、可回收、節能。「很愛地球，是謝榮雅的理念，」業主生產力建設總經理張芳民觀察。

他總愛走三分鐘到鄰居王家的果園裡，找同年紀的小孩玩。「他們家牆上掛的是一大幅一大幅的油畫，都是他們家舅舅跟叔叔畫的，」謝榮雅說。

當年的鄰居，現任職國立中山大學西灣學院主任王以亮說，一年四季，不論農忙或農閒，幾個叔叔寫生時，王家跟謝家的小孩就會在一旁吃水果、畫圖，邊畫邊玩。「有點像達文西小時候跟大自然接觸、吸取養分、美感就出來了，這也影響到一個全腦的開發，」留學義大利的王以亮認為。

而且，王以亮的父親與叔叔都是數學老師，下課後就在家裡教小孩數學，還把謝家小孩找來聽。「數學是理性、畫畫是感性，我們就是在生活中慢慢陶冶出美感；而現在謝榮雅做工業設計，就是理性與美感的結合，」王以亮說。

謝榮雅的父親是牧師，教會也是他的美感加油站。

謝榮雅說，因為教會附設幼稚園，於是幾乎是「無限制供應」他畫圖所需的紙與蠟筆，讓他的美感經驗得以揮灑。而每當聖誕節或舉辦結婚式，他常看著父親剪紙、畫天使圖騰，後來他也幫著父親爬上爬下做美工與布置。

立定設計志向

當兒時玩伴走向純藝術，讓謝榮雅更感興趣的，卻是如何應用技術與方法來讓創意發生。

從小他就喜歡拆機器，拆過電子鐘、收音機，甚至偷溜進荒廢的日式老屋，拆了裡面的老機械，就想知道裡頭的結構如何組成與運作。

換成別家小孩，早就被家長抽藤條了，但是他的父母從沒罵過他，「可能因為我是老么，比較能夠容許犯錯，這件事情很重要，因為，創新就要不怕失敗；但是在臺灣，很多人不敢創新，是因為怕犯錯、怕失敗。」

國中時，謝榮雅特別喜歡工藝課，因為能動手把設計圖的東西做出來；他更喜歡美術課，因為美術老師除了教水彩，還教他做建築模型、版畫。現在想來，「做版畫用到工業設計的量產觀念，」他說。國中三年，他決心當個設計師。

向。

創業，為了磨練設計力

但數十年前的環境，卻無緣實現謝榮雅將「創」與「作」相結合的志

當時工業設計在臺灣初萌芽，資訊觀念與科系都不普及，他只好以優異成績考進熱門的嘉義商專電子資料處理科。儘管如此，課餘，他身為學生會美工主席，所有學校的美工設計與發包，都由他完成，他總是待在印刷廠，畢業時，他已經累積了厚厚一疊作品集。

這本作品集，卻在謝榮雅退伍之後應徵宏碁電腦時幫了大忙。

非本科系出身，只在蜜雪兒服飾公司做過一年的企劃，謝榮雅在宏碁一開始連畫工業設計圖都不會，他自願進到環境條件惡劣的工廠，接近不熟悉的人事物，跟工廠師傅磨量產，「我不是設計系出身，我千方百計都要來做設計，」他說，在宏碁學到最多的是，「沒有理性，感性就無法隨心所欲；

也就是說，如何解決技術的問題，同時也能讓外表漂亮、充滿藝術性。」

一九九三年，他告辭了工作三年的宏碁，決心創業，想跨出以代工為主的資訊業界，磨練更多設計的可能性。當時，他才二十六歲。

孤單一人來到臺中，他相信中部企業蘊藏幾十年的五金、皮件、拉鍊、布料、碳纖維等技術資源，可以啟發他更多的設計潛能。所以，他不劃地自限，而是跨到皮件、文具、女鞋等各種不同的產品設計。

他的第一個業主，是專做禮品、文具的吉而好企業集團。吉而好關係企業總裁侯淵棠回憶，當時請一位曾為LV作設計的義大利設計師設計了一款公事包，怎料無法量產，「LV設計師怎麼也會出這種問題？」侯淵棠說，出貨時間已定，就在危急存亡之際，有人介紹了謝榮雅，「結果，不到一個禮拜他就找出解決方法；兩個月就量產了！」

創業初期，只有吉而好的案子，並無法養家活口；謝榮雅不能只做設計，還要兼做業務。他總是翻開電話簿，一家家打電話，「您好，我是設計師，我有一些圖想給你看，是不是有機會？」

「好啊，你那一天下午過來吧！」專做皮件與拉桿箱的皇冠皮件公司（CROWN）總經理江錫語當時還是副總經理，他在電話中為謝榮雅燃起一線希望。兩人一見面，謝榮雅的設計水準得到認可，從此接下皇冠的設計案，一做就是七年。

懂設計卻總羞於催收帳款，這使得他在創業初期，仍清苦地騎著摩托車，背著圖筒，裡面裝著設計圖，無論風雨都要趕赴客戶處。然而，風雨無阻的結果是，好幾次謝榮雅見客戶時，從圖筒拿出來的設計圖，卻被大雨淋濕了。

有一天，江錫語的弟弟江永文打電話給謝榮雅說，「不要再騎摩托車了，我們已經先匯了一筆錢到你的帳戶，去買一輛車吧！」

這筆錢，謝榮雅買了生平的第一部車，那一年他三十一歲。

設計的動機是「利他」

創業多年，他壯大創意與實作能力，設計更以利他的動機出發。「我做的設計，就是希望改善社會生活，」謝榮雅說。結果竟然與全球的設計趨勢不謀而合。

首先是材料。

他看到中部產業雄厚的技術實力，為了不讓這些材料技術因為產業外移、缺乏第二代傳承而消失。幾年前，他成立了材料實驗室，研發新材料、將材料做創新應用，申請專利。結果，二〇〇五年，德國iF獎首度加入材料競賽項目，他就以纖維材質的創新等拿下三項獎座。

二〇〇六年，謝榮雅拿下iF設計獎金獎的成貫自行車燈，也是受到根留臺灣的成貫企業第二代，企圖以自有品牌在國際上突圍的執著而感動，因此他運用了材料實驗室開發出來的軟性材質，讓使用者能單手將車燈由車架取

（上）謝榮雅非常關心新一代設計師的發展，透過不斷對話、討論，試圖喚起新世代設計師對社會和環境的使命感。
（左下）榮獲德國 Red Dot 設計金獎的「超輕量複合材扳手」。
（右下）榮獲國際獎項，世界首創全塑膠雙料射出一體成形的 LED 燈泡。

下，還能作為手電筒使用。

從環境觀點思考設計

崇尚大自然、篤信基督教的謝榮雅說，他最崇拜的設計師，就是造物主，「地球的吐納、生生不息就是最好的創造；祂讓我覺得做產品就是要不斷接近自然的本質。」謝榮雅認為工業設計師就是在造物。

二〇〇六年，謝榮雅獲得德國 Red Dot 最佳產品大獎（Best of the Best）的風力發電自行車燈，核心理念就是希望在能源價格高漲的時代裡，能不用電池、不讓電池汙染環境、省掉人類用電池的麻煩。他利用省電的 LED 燈，運用自行車行進時自然產生的風速，就能發電照明。

在拿下美國 IDEA 金獎的「似水年華圍籬」，他運用了模組化設計的觀念，把臺灣產量最大、常見的ABS塑膠材質作為抗風圍籬的材料。因為抗風壓、容易生產與組裝，因此，不僅成本低、可回收利用、便利組裝、對環境不造成負擔、不會壓傷路人、不拖延建築施工工期。

「這設計有無限可能性，基於安全性與對環境的友善，國家應該立法使用這項設計，」IDEA大獎的評審甚至這樣評論。

▲謝榮雅團隊設計的大同電鍋五十週年經典紀念款。包裝上捨棄層層包疊又不環保的設計，採用環保「紙漿成型」，以經典電鍋的形體塑型而成，兼顧包裝緩衝的保護性與環保性。

「過去大家都在講設計，但是設計是需要腳踏實地去實現的；這麼多年來，大可默默在做，現在他被注意到，在國際上耳目一新，」臺創中心副執行長黃振銘說。

創業十多年來，中小企業扶植了謝榮雅的設計成就；飲水思源的他，眼見產業外移，產業技術不斷流失，中國的實力在崛起，現在，他更企圖以設計與那些決心打國際品牌的臺灣中小企業，攜手打入國際。

「成功不是偶然，未來，會是更大的挑戰，」黃振銘說，當愈來愈多人都來找謝榮雅做設計，將考驗他的設計量產能力與設計管理能力。

「得獎只是開始，接下來，是如何讓設計的產品被市場接受，」謝榮雅自我期許。

——載自：藍麗娟採訪，《天下雜誌》第三五一期，二〇〇六。

與眾不同人物小檔案

謝榮雅

人物介紹

生於屏東，奇想創造、奇想生活、富奇想創辦人。生涯目前累計獲得超過百座國際大獎，囊括：德國 Red Dot、iF、美國 IDEA、日本 G-Mark，是全球目前獲得最多國際設計大獎的華人設計師。

「用設計改造世界」是他對自己的期望，「我們不做，誰來做？」是他經常探問自己的問句。他期望自己生長的這塊土地，無論是個人、企業、城市、鄉鎮或國家，都能因設計而驕傲、有尊嚴。

與眾不同學習密碼

1.這世界唯有你自己，才能綁得住你

不論是科系、學歷、環境種種限制，都不重要，把別人給你的框架與限制，當作突破的起點，勇敢跨界，無所畏懼，才能與眾不同。

2. 平時就要鍛鍊自己的觀察力與敏感度

隨時保持對世界的觀察與思索，例如走在街道上，可以思考改變交通號誌、標誌及路燈的呈現，長期下來，就能培養自己的洞察力與設計力。

3. 設計產品不是自我感覺良好就夠了

心中對社會和環境具備使命感，對人與土地、國家與世界懷抱著熱情，具備改變世界的野心，是做設計一定要有的基本態度。

前瞻火箭計畫創始人

吳宗信

靠自己的力量，實踐火箭夢

文／賓靜蓀

國立交通大學前瞻火箭研究中心（ＡＲＲＣ）創始人吳宗信教授，是臺灣自製火箭計畫的策劃者之一，為了要實現飛向太空的夢想，他在製造火箭的過程中遭受無數次失敗經驗，在沒錢、沒資源，困難又一堆的情況下，為什麼他仍然繼續堅持？

我在臺南市安南區長大，那裡只有魚塭，田地很貧瘠，從我有印象開始到大學，我家都一直欠農會的錢。

我有三個姊姊、兩個哥哥，大哥年紀都大到可以當我爸爸。聽我二姊說阿娘（媽媽）生我的時候根本沒有母奶，是買米麩磨成的粉來泡給我喝。我會爬以後，媽媽去種田，就把我丟在旁邊，肚子餓了就灌我黑糖水。甜的東西會飽，但是完全沒有營養，我小時候有兩次送急診，差點死掉。

家裡窮，但老師給了我自信

爸媽不識字，家裡又窮，所以我從沒上過幼稚園，記得進小學以後完全聽不懂老師在講什麼。直到小學二年級下學期才逐漸開竅，我從全班最後幾名變成第二名。有一次，導師廖文華請我去家裡寫功課，還煎荷包蛋和香腸給我吃，那一幕給我的印象好深刻，因為那是我從來沒有吃過、從來沒有享受過的待遇，我開始覺得好像有人看見我、重視我，帶給我很大的自信心，之後我念書好像就開始漸入佳境，尤其是數學一科更是如魚得水。

對那時的我來說，要有什麼偉大的夢想，都是騙人的，因為生活的困苦，能夠平安的活下來就不錯了。真要說童年時期有什麼是跟後來製作火箭有點關聯的，大概是我小時候很喜歡放沖天炮。記得每次過中秋節時，村裡的小朋友就在路的兩邊對打放炮、躲防空洞，是很好玩的兒時回憶。

我發現我喜歡刺激的、未知的東西，例如做火箭我就百做不厭。做火箭這件事你需要準備一、兩年，等到終於做好了，在每次點火後都不知道會發生什麼事情，不是一般按部就班、照表操課就可以得到相同的結果。面對未知的結果，一方面你的壓力很大、心中怕得要死，但另一方面你又萬分期待、超級刺激。然而火箭往往在「咻」的上升過程中，可能「碰」一聲就爆炸了，所有的努力都頓時灰飛煙滅。

經常有人問我：「做火箭的失敗經驗比成功多很多，在沒錢、沒資源，困難又一堆的情況下，為

▲吳宗信（左一）與 ARRC 團隊於 2015 臺北航太展，展示外殼使用碳纖與玻纖複合材料、內部零件 99% 臺灣自製，甚至還採用了 3D 列印技術製造而成的火箭。

什麼還能繼續堅持實現夢想？」我想是鄉下長大的經驗，讓我很有韌性，不會輕易被打倒。除此之外，還有念臺大時參加橄欖球校隊的訓練，讓我體會團隊合作的重要，對我以後做事的堅持影響也很大。

球隊訓練，讓我學會合作

我的個子小，但喜歡運動，什麼球都擅長。我在臺南一中時期踢足球，讀臺大後進入橄欖球校隊，那時我體重不到五十公斤，雖然很瘦，腳也很細，就像是「鳥仔腳」（臺語），但超會跑、射球門也很準、遠。

我從大二下學期開始參加橄欖球校隊直到碩二，中間因受傷曾經離開一年。臺大橄欖球隊訓練很嚴格，在不斷練習的過程中，激勵著我一定要朝目標前進，絕不放棄。除此之外，訓練過程中也養成我認真負責的習慣，一個橄欖球隊共十五人，不管你打什麼位置，就要認真扮演好自己的職責，每個人都好好的打，加起來的力量就無限大。

我確定要從事研發火箭的工作時，已經是四十二、三歲了。我不得不承認，生命中遇到的這些人，譬如請我吃飯的國小導師，給我這樣的窮小孩信心和鼓勵；橄欖球隊的訓練，讓我認真和合作，都對我現在做的火箭計劃有幫助。

現在和我一起做火箭的幾個大學老師，都是當年在美國念書時認識的朋友，我們各自念電機、通訊、遙測、結構、燃燒推進，每個人的專長都不一樣，那時沒人想過要做火箭，後來因緣際會把大家的專業兜一兜，剛好就是一支火箭團隊的夢幻陣容。我覺得人生這趟旅程真的很神奇，長大以後回過頭來看年輕時做的種種探索與學習，彷彿冥冥之中真的有安排，一點一滴都不會徒勞無功的。

二〇一〇年，我們幾個大叔帶領一批學生，用很克難的方式做探空火箭。當時在屏東阿朗壹古道第一次成功發射，團隊中每個人都非常興奮，沒想到我們這種雜牌軍真的可以弄出一點東西，這些成品都要經過雙手做出來，因此那種複雜的感受沒經歷過的人很難體會。本來我想說，發射一、兩次就算了，可是看到夥伴與學生在火箭成功發射後興奮到流下眼淚，我也跟著他們一起流淚。後來，我就決定這個火箭夢一定要勇敢的繼續實現下去。

現在，我們計畫要發射混合式推進火箭，兩節長九公尺，直徑四十五公分。初步的設計，要射到一百公里高空，需要募款一千六百萬。剛開始，很多人笑我們「起肖」（發瘋），現在聽到我們希望未來要發射衛星載具，下巴都嚇到快要掉下來。我希望透過發射火箭，發展臺灣的航太科技，做頭的只要一啟動，下面很多次系統就會活絡起來，附加價值就變一百倍。臺灣人不需要幫美國做代工，靠自己也能闖出一片天空。

——載自：賓靜蓀採訪，《親子天下》第七五期，二〇一六。

與眾不同人物小檔案

吳宗信

人物介紹

臺灣臺南人，現任交通大學機械系特聘教授。十多年前在臺灣召集了一群心懷太空夢的各界好手，組成 ARRC 團隊，主要目的是為了做出 MIT 的自製火箭，透過把火箭送上外太空的目標，提升臺灣各領域的技術，促成國家的產業升級。吳宗信期望未來能夠為臺灣發射小型衛星，同時帶領著一代又一代的臺灣孩子，一同實現困難重重、但永不放棄的「登天」夢想。

ARRC 的故事會收錄在《一起離開地球上太空！ ARRC 自製火箭》（親子天下出版）。

與眾不同學習密碼

1. 把挫折與困難當成機會

面對暫時看不到成果、空空如也的夢想，你也許會覺得挫折，但反過來想，「空空的」就代表一切是沒有限制的（No limit）。

2. 平時就要累積實力，一切的學習都不會白費

學生時期做的種種探索與學習，彷彿冥冥之中都有安排，平日一點一滴的累積，一步一腳印的努力，都不會是徒勞無功。

3. 面對夢想，絕不放棄

要一步步踏實的實現自己認定的真理與夢想，過程是痛苦的。但一個人沒有熱情，一切美好的成果都不會發生。

從工頭到超級講師

王永福

寫下50個願望，做更好的自己

文／盧諭緯

「現在的你，不會是未來的你！」十五歲那年，王永福只是一個茫然於未來前途，只能用不太好看的聯考分數，選讀專科學校土木科的平凡少年。三十年後，他成為了國內頂尖商業培訓教練，協助國內超過兩百家上市公司，規劃專業簡報及內部培訓課程，Google、台積電、鴻海、Nike 都是他的客戶，事業橫跨海峽兩岸。

態度隨和，但話語中常透露著一種霸氣，王永福回顧自己的成長歷程，「人們常常高估一年內的改變，卻低估了十年的變化。」他說，人生並不一定只是傳統的線性發展，而是一個不斷學習、成長、轉變的過程。

成為一名超級講師，的確是那個十五歲少年從來沒想過的一種人生。字寫得醜、不會考試、成績爛，王永福不諱言，他不是那個傳統定義下的「好學生」，面對高中升學的關口，因為聯考分數不好，沒有太多的選擇，只能上當時排名後段的彰化建國工專，而土木科又是其中成績排名最低的科系。身在不理想的學校、不喜歡的科系，王永福唯一的出口是玩電腦，他時常自己一個人拆解電腦、玩軟體、寫程式，遇到不懂的，不是自己讀說明書，就是逛書店找資料。

回憶起自己在工專求學的時光，王永福說，在學校上課時，他要不是在打瞌睡，就是在看電腦書；在幾乎每科的成績都很爛的慘況下，只有電腦一科的成績一定是全班最高，甚至後來有一半的電腦課，老師都直接叫他上臺去教課。

不喜歡讀書，不代表不喜歡學習

王永福感嘆，很多人都把讀書等同於讀學校的課本，窄化了「學習」這件事，只是當時還在念書的自己年紀很輕，並沒有真正悟出這個道理，甚至每次在聽畢業學長姐回學校分享人生經驗時，都覺得自己不可能有機會像他們一樣成功，「對於距離現在太長、太久的事，一般人都想像不到。」

專科畢業的王永福，一如傳統期待中的「學以致用」，以土木科的背景進入了建築營造業，就此過著每天巡工地、看報紙、喝維士比、開會、跟包商吵架、填寫工作日報，有些煩躁但規律平穩的日子。王永福的工作表現還不錯，但就在某一天他心中冒出了這樣的想法：「五年後的我，會是什麼樣子？」

那年二十六歲的他，看到自己主管的生活，如果繼續在建築業界發展下去，那就是五年後的自己——巡更多的工地、更多的會議、更多的吵架。雖然對於未來的樣貌還很模糊，但他知道，那並不是他想要的未來，他開始思考下一個可能性。

▲土木科畢業的王永福，開始了日復一日的工地生活，卻不時自問：「未來的我，會是什麼樣子？」

「想賺錢！」在這樣簡單清楚的目標之下，王永福發現，業務人員是最有可能達成夢想的方法之一，而正好有朋友從事保險業務，收入相當不錯，讓王永福興起了想要試試看的念頭。

想像著五年後的模樣

王永福的決定，家人並不支持，媽媽覺得目前工作穩定，何必要換？而他自己也不知道這樣的決定是否正確，於是他選擇了用兼職的方式，白天在工地上班，晚上做保險的生活。

喜歡與人接觸的他，在保險這份工作感受到新的樂趣，於是大膽決定離開工地轉換跑道，而王永福也的確在這裡達到他的人生目標——年薪百萬不是夢、開ＢＭＷ名車、戴著名錶、用著名筆……。從世俗的觀點來看，他成功了！可是他驚覺，賺得多，卻也花得多，自己並沒有存到什麼錢，甚至還常常身上沒什麼現金可用，突然，二十六歲時的想法又冒了出來：「五年後的我，會是什麼樣子？」

這時的王永福，早已熟悉相關業務技巧，但仍有不滿足之感，於是他決定報名在職ＥＭＢＡ回學校念書進修。生活總是常用類似的方式上演著，身邊的親友不解他的決定，幹嘛花時間去念書，用來跑業務不是很好嗎？但王永福告訴自己，「我希望在現有的狀況中，尋找所有可能性。」沒想到，因為重回校園的緣故，王永福認識了許多不同行業的人，也收到一些不錯的工作邀約，讓他開始思考：「我要的未來，真的只是穩定的生活嗎？還是有更大的可能性？」

王永福靜下心來盤點自己的能力：能授課、會辦活動、行銷企劃也難不倒自己，而電腦能力更是從國中起一直都在精進，不過他還是不清楚，到底自己最適合做什麼。

不知道，就全部都去試試看

三十四歲的王永福，開始免費幫記憶枕公司做網站、幫安養中心做企管顧問，主動籌辦EMBA聯誼活動，還邀請當時的馬英九市長到中部演講，藉著不同的業務活動型態，不斷修煉自己的能力，也在朋友牽線下，到中部知名的鄉林建設對著公司中高階主管開講。他發現，成為一個講師，幫公司進行教育訓練這件事，能夠結合他的興趣、能力與工作，想通了這點，於是他決定自己開設管理顧問公司，跳入人生另一個新階段，但這也是試煉的開始。

「我知道我喜歡做這件事，但一開始真的看不到未來。」王永福說，大概有長達三年的時間，自己不知道下一個客戶在哪裡。第一年時，一年只接到兩場演講，最差的時候，帳戶餘額還不到一千元，「我不是沒有害怕，或是想過要放棄，只是我咬著牙堅持下來了。我一直想實現自己想做的，並且不想服輸。」他說，因為對教學真心熱愛，所以願意花很多時間準備，不斷改進自己的授課手法，甚至英文不好的他，還努力翻譯了知名簡報大師瑞紐迪（Garr Reynolds）跟杜阿爾特（Nancy Duarte）的簡報文章及影片來精進自己，也幫助同樣跟他對簡報有興趣的同好。「累積是慢的，改變是快的！」王永福說，每個人都有缺陷，也都有優勢，能夠成為全才的人很少，能夠找到自己做起來有成就感的事，並且耐住性子，持續找到對的方法強化，就有機會放大優點，做到頂尖。

真心投入下去才會知道結果

王永福笑說，自己超級不會整理東西，桌面及電腦永遠都很亂，文書能力也很差，但他接受這些缺點，也不想去處理它，而是花更多的時間，強化自己的優點。以自己最擅長的上臺簡報為例，王永福說，並非他天生口才好，而是透過不斷的排練，減少不熟悉的緊張感。他建議上臺報告前，排演時最好能大聲唸出來，找個朋友當聽眾並計時，甚至，他要求學生每次上臺之前，至少要能不看稿講過三次。他提醒，上臺並不是背稿，而是要消化內容，用自己的話把事情說出來。

回顧三段職涯的轉折，路徑相似，但寬度不同，第一次什麼都沒想，就只是「讀什麼做什麼」，第二次想的是「做什麼可以賺錢」，第三次他更關心「我可以把什麼事情做到最好」。王永福說，很多人面對選擇時，總覺得要抱著破釜沉舟的心情，但他不這麼認為，「騎驢找馬是個好策略，」他分析，每一次改變都需要習慣適應，讓自己沒有退路的壓力太大，反而適得其反，他建議應該找到緩衝的空間，每一年讓自己有一點小小的改變，他鼓勵年輕人，「在校期間就是最好的騎驢時刻。」不論是實習或工讀，唯有自己投入下去，才會知道結果。

寫下你心中的五〇個願望清單

王永福還分享一個從十多年前就開始培養的習慣，那就是他要求自己每一年的開始，就要寫下五〇個願望目標，這些目標不見得只有工作目標，還有些是成長目標，例如：想買房子，寫下來！要買車子，寫下來！想去環島騎車，也寫下來！王永福觀察，寫下十個自己的目標並不難，但你會發現，許多人剛開始寫下的願望目標，多半是滿足外在的期望，當寫到二十五個，開始感到有點難度，但也還勉強湊得到，可是要寫到五十個願望時，你才會被逼著自己質問內心的想法。

王永福記得，他第一次寫願望清單時，除了車子、房子、銀子等這些想像得到的外在期望，他還寫了要學薩克斯風、要跟美國電影《阿甘正傳》的主角阿甘一樣，拜訪華盛頓DC特區、要橫渡日月潭、要寫書、要學合氣道、要爬玉山、要騎車環島。如今，願望清單裡的薩克斯風學了，華盛頓特區去了，日月潭甚至橫渡了三次，騎車環島雖然還沒成功，但也騎上過武嶺。有些願望還沒實現，那就繼續放入清單之中，等到年底的盤點過程時，就可以審視自己為什麼能做到以及為什麼做不到。他說，「重點不在於是否全部完成，而是在這過程中，藉著整理與省思，你會更了解自己最內在且真實的渴望。」

「不需要靠外在的東西，或別人的評價證明自己行不行。」目前在就讀資管博士班的王永福在他的臉書上寫道：「我想告訴年輕的自己：持續努力，繼續學習，鼓起勇氣，向未知挑戰，每一天都要幫助你，成為更好的自己！」

——盧諭緯採訪、撰文，二〇一七。

與眾不同人物小檔案

王永福

人物介紹

人稱福哥。憲福育創共同創辦人，傑福國際顧問總經理，超過 200 家上市公司的簡報技巧及內部講師教練，指導學員曾榮獲國際簡報大賽冠軍、企業技術簡報冠軍。其「專業簡報力」公開課程曾創下 78 秒即報名額滿紀錄。除擔任顧問及教學外，樂於在家當奶爸，燒飯、做菜、沖煮義式咖啡，對電腦、單車、薩克斯風、水肺潛水及鐵人三項也極有興趣。著作有：《千萬講師的 50 堂說話課》、《上臺的技術》等。文章散見於「福哥的部落格」。

與眾不同學習密碼

1. 人生並非線性發展，應抱持成長型思維

「會念書」並不一定「愛學習」，許多人把讀書等同於讀學校的課本，因而窄化了「學習」這件事。你可以不擅長考試，但一定永遠要對學習保持熱忱。

2. 面對選擇時，壓力太大反而適得其反

建議找到緩衝的空間，每年讓自己有一點小小的改變；找到自己做起來有成就感的事，持續找對方法強化優點，去發現自己的天賦，然後想辦法不斷加強，就有機會做到頂尖。

馬戲雜耍表演者

陳星合

找一件最喜歡的事，做到最好

文／蔡茹涵、陳星合

以挑戰人體極限揚名國際，被譽為「最偉大的表演藝術」的太陽馬戲團，是陳星合十七歲時可望而不可及的夢想；經過長達十年的練習、爭取與等待，他不僅在二〇一〇年取得正式合約，更是當年唯一在美國拉斯維加斯駐點演出的臺灣人。

以自行苦練出的水晶球雜耍（contact juggling）為業，對從小念劇校的陳星合而言，是自我挑戰，也是「自己發明工作」的大膽實踐。

「我小時候對工作的印象就是賺錢、填飽肚子、每天出門上班，是個人安全感的來源，」陳星合回憶，所以他拚命練功，目標就是考上國家劇團。「直到高中時看了太陽馬戲團的 DVD，我才驚醒：現在做的，並不是我想做一輩子的事！」

十歲開始學豫劇，臺灣戲曲學院京劇科豫劇組、臺灣藝術大學舞蹈系畢業，日後卻將馬戲雜耍視為一生的志業，陳星合毅然轉向的原因很簡單：這是他有生以來，第一件「自己決定的大事」。

迷上水晶球，靠自學讓興趣變工作

身處在管教嚴格的國光藝校，從吊嗓子、翻跟斗到劈腿，一舉一動得完全按照師長的規定，即使從小就聽話，他仍然經常感到窒息。

念高中時，陳星合一度迷上滑板，但因為無法離開學校，他乾脆把廢棄的鐵櫃、課桌椅、黑板堆疊在一起，偷偷在頂樓搭建了一個「滑板公園」，一有空就跑去練習。「沒辦法，我實在太想知道滑板要怎麼跳起來了！」陳星合笑道，儘管缺乏請教的對象，他靠著看書、看錄影帶和鑽研技巧，硬是學得有模有樣。

這個原先出於「好玩」的念頭，更帶給他一個影響深遠的意外收穫：「原來，我可以當自己的老師！」

有了劇校練功奠定的深厚底子，以及玩滑板摸索出的自我學習，在接觸到雜耍的那一刻，陳星合馬上直覺：「就是它了！」

這是第一件讓他主動從「興趣」、「督促自己愈練愈好」，一路延伸到「想把它發展成工作」的專業技能。

但由於劇校內的分組明確也帶來門戶之見，專攻雜耍的同學們不願與他交流，如何靠自己的力量，從無到有到超越，陳星合展開了另一段漫長的學習過程。

按照先前學滑板的經驗，他先上網搜尋"juggling"，跳出無數筆資料。陳星合一筆一筆的查字典，以驚人的毅力全程自學。只要有國外團體來臺演出，他一定到場觀看，甚至闖進後臺，靠著不甚流利的英文勇敢向表演者請益。

「大學畢業前，我除了服從別人的口令做出標準動作之外，不知道如何設定自己的人生目標、更不知道如何達到自己的夢想。」陳星合說，是馬戲雜耍喚醒他沉睡已久的內在動力，為了親自向自己的偶像請教，他努力的練習英文，運用各種機會廣泛閱讀、觀賞表演，他決定用適合自己的學習步調，一步步朝向自己的夢想邁進。

二〇〇六年，太陽馬戲團來臺甄選，歷經九個小時，闖四道關卡，陳星合成為當天最高得分者。但通過甄選後只是被建檔，當時太陽馬戲團並沒有合適的職缺，他只能繼續等待，這一等，就是四年。

二〇一〇年二月，太陽馬戲團主動要求他寄一份動作清單試看帶確認現況，陳星合終於在十一月獲聘，飛赴拉斯維加斯，夢想成真。

那是什麼樣的工作型態？陳星合爽朗大笑：「才沒有大家想的那麼五光十色，最刺激的一件事，就是可以跟 DVD 和 YouTube 上看過的人一起工作！」

每晚固定兩場表演，十一點半準時卸妝，趕著十一點四十五分的末班公車回家；中午起床後到公司用餐、進練功房、暖身和化妝，準備晚上七點的第一場演出。比當兵更規律的作息，平均一年四百三十場的表演，就是陳星合的工作縮影。

為了不辜負兩千名觀眾的注視和掌聲，他加倍訓練，一天最少七小時，「在這種情況下，根本沒空思考其他問題，因為表演已經成為生活一部分，跟我融為一體了。」

然而，那個追逐太陽、以為自己攀上人生高峰的陳星合，卻重重地摔下。「也許是自己太天真了，無法相信那裡也有職業倦怠的人；也因如此，不管我如何喜愛這份工作，滿懷熱情的菜鳥就是無法融入前輩的團體裡。這對公司來說，卻代表著陳星合不懂得團隊合作……」，於是公司沒有繼續跟他簽約，太陽美夢在八個月就破滅。

返國後的陳星合經歷挫折與低潮，重新透過練習找回自信企圖在逆境中看見轉機。人生或許就是這樣，當一扇門關起，就會有另一扇窗為你開啟，陳星合開始收到各界邀約分享自己的太陽經驗，也進入校園為中學生、大學生甚至是企業界演講，他希望用自己的故事，喚起臺下「眼神裡沒有熱情，每天像個活著的殭屍般」的聽眾一些願意為夢想努力的動力；後來他更成立了「星合有限公司」，將馬戲雜耍曾經帶給他的美好分享出去。

勇敢邁步，人生自然發光

很難想像敢於做夢、談起表演時眼神閃閃發亮的陳星合，竟然從小缺乏自信。

「回想創造工作的過程，最辛苦的部分不在練習，而是我真的很不相信我自己！我必須花費很多力氣和周圍的雜音拉扯，一再告訴自己『我辦得到』，」陳星合說。

就連和他密切合作、籌畫多場校園演講的朱學恆，也曾直率指出陳星合的矛盾之處：「你常說自己很棒，怎麼還會一天到晚告訴學生『連我這種不怎麼樣的都能去太陽劇團了，你們當然也可以』？」

由於求學階段的術科表現不佳，陳星合承認，那段「躲在陰暗角落的日子」仍影響著他，直到現在，他的口頭禪仍然是「嗯，我很棒！」藉此自己鼓勵自己。

回想建立自信的過程，陳星合認為最有效的方法就是「練習」，只要每次練習都感覺自己又進步一點點，就更能堅定信念，在「對的路」上全力以赴。

「出國後，我更覺得表演工作者不該劃地自限，樂於分享才會讓大環境進步，」他認真表示，「我都告訴學生：我花十年時間摸索，前五年幾乎都在做白工。現在，我可以在六小時內教會你們所有技巧，只要好好練習，你們一年內就可以超越我！」

從成天丟著球、地板砸到左鄰右舍抗議的青少年，到現在透過策展馬戲平臺，與世界產生連結的專業表演者，三十四歲的陳星合找到屬於自己的定位。

「其實我並不是埋頭苦幹。只是當我把自己擺在對的位置之後，前方的路就會自己成形了！」他認真表示。

找一件最喜歡的事，用盡全力做到最好。這就是陳星合唯一、也最有用的成功祕訣。

——本文由陳星合於二〇一七年修改自：

蔡茹涵採訪，《Cheers快樂工作人雜誌》，第一四五期，二〇一二。

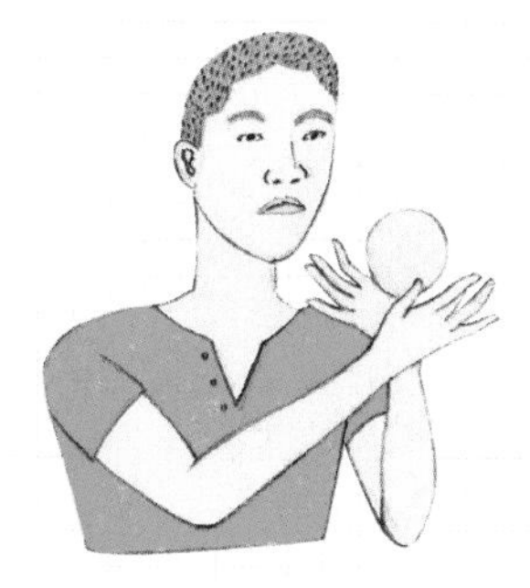

與眾不同人物小檔案

陳星合

人物介紹

1983年生。國立臺灣戲曲學院京劇科豫劇組、國立臺灣藝術大學舞蹈系畢業。高三時自學雜耍（juggling）。2006年太陽馬戲團來臺甄試，入選儲備團員，2010年加入拉斯維加斯《KA》劇組，八個月後離團返臺。目前為星合有限公司負責人，透過演出、演講、工作坊及策劃活動推廣馬戲藝術。2016年10月擔任高雄衛武營藝術祭「馬戲平臺」共同策展人，邀請國內外馬戲表演家同臺演出，並舉辦工作坊。

與眾不同學習密碼

1. 我們都比想像中的自己還要勇敢

愈害怕愈要面對，勇敢踏出第一步，捲起袖子行動，會讓自己更有信心。

2. 小王子說：重要的事情都是眼睛看不見的

世界上每一個人都是獨特的個體，不需要花力氣去跟別人比較，只要勝過昨天的自己一點點就好。

臺大教授

郭瑞祥

求第一，還是怕輸？

文／郭瑞祥

郭瑞祥教授，從小就是個樣樣都拿A的資優生。
當他從國外拿到學位畢業後，回到臺灣任教，
歷經結婚、生子、升等……，
人生的前半部彷彿都照著幸福劇本走，
但在中年經歷罹癌、喪妻等人生重大轉折後，
才深刻深刻體悟，原來人生有許多問題，是沒有標準答案的……

「老師，您可以幫我寫推薦信嗎？這是我過去七個學期的成績單。」最近一位大四女同學來看我，希望我能為她撰寫申請研究所的推薦信。

看了她的成績，我嚇一跳，從大一到大四的過去七個學期，她每學期都是書卷獎得主！在臥虎藏龍、會念書的學生比比皆是的臺大校園，這並不容易，可見她多麼用功。

但我一開口，卻是潑了她一頭冷水，「同學，妳能不能不要繼續拿第一

名？」

「為什麼？追求好成績有什麼不對嗎？要申請國外的好學校念碩士、博士，難道不應該有好成績嗎？」面對她不解的神情，我請她在研究室坐下來。

讓我花一點時間，說個故事給妳聽好嗎？

說實話，在臺大教學十八年，我最擔心的學生，不是成績吊車尾的同學，反而恰恰相反，竟是每一科都拿第一名的傳統好學生，最讓我放心不下。這個故事，就從多年前一個很認真、也常拿書卷獎的臺大學生說起。

曾經，有一個高中念建中、大學讀臺大，在別人眼中考起試來一帆風順的臺灣年輕人，在長期努力不懈下，終於如願以償來到美國麻省理工學院，攻讀碩士與博士。當時，在他心中，「成功」的人生像是一條有軌跡可尋的直線，從麻省理工以漂亮成績畢業，等於拿到「成功」的第一個入門磚。

他告訴自己：「我來美國可是來讀書不是來玩的，好好拚功課吧！」這個臺灣學子，從小念理工科，愛運動，愛念書，但對於美國的流行文化、同學間多采多姿的社交生活，格格不入、甚至手足無措。於是他一心向學，果然，念碩士的兩年與博士第一年，每一個科目都拿下漂亮的A！

在麻省理工，A就是最高的分數了，科科都拿A，真是不容易的好成績。他內心不免小小驕傲，頗以自己為榮，也一直以為，自己的指導教授一定也為他高興，畢竟置身於一群天才學生中，他的好成績堪稱「第一名」呢！

全A成績，終於碰到大鐵板了。有一門陌生卻又必修的重要課程，他上了幾個月後，內心有數，成績大概不會太理想，雖然及格絕對沒問題，但A恐怕拿不到了。這個「好學生」乾脆壯士斷腕，期末考前，毅然退選這門課，避免成績單出現B的「恐怖」危機。

很多美國同學不理解，老師更覺得奇怪，學分費交了，也認真上了幾個月，為什麼他要退選？只為了避免成績單不好看？這個理由對美國人來說，太不可思議了！

來年，他再度挑戰這門必修課，一路穩紮穩打，加倍用心，但期末成績出爐後，他，竟拿到了第一個不是A的成績！之前的退選，無異於一場時間與金錢的徒勞無功。

沮喪的他，有點難為情的去見了美國指導教授，甚至，帶著歉意去的。然而，指導教授卻十分開心的恭喜他，恭喜他沒拿到A！教授語重心長的說：「我真是太替你開心了！你從今日起，再也不必為拿A、拿高分而念書，你總算可以放膽，去做更重要、更有價值的事情了。」

那，什麼才是更重要更有價值的事？教授笑著回答：「去犯錯與創新吧！藉著課本教你的基礎，然後去有計畫的犯錯、嘗試創新。這才是有價值的！」

臺灣小子，如當頭棒喝般醒悟：什麼才是追求知識的本質？站在前人的肩膀上，不斷尋求突破，繼續為下一代累積新知，以創新動能造福人類社會，才是知識的本質。好吃的蛋糕是本質；而好成績，只是裝飾的美麗奶油花朵罷了。

「怕輸」心態造成保守的選擇

我，就是那故事裡的主角、曾經認錯方向的臺灣小子。

當我被MIT指導教授，點出求學觀念上的根本錯誤後，其實是非常受用的。在此之前，我把所有的精神力氣、大概有九成，都放在完成作業、求取高分，而只拿一分的餘力，用以做研究。

但後來，我大幅度更改比例，變成了兩成力氣做功課，八成心思做新研究。以前，一拿到作業，就認真埋頭苦寫，確保盡善盡美以得好成績，後來卻變成了要交作業的前一天，才開始熬夜趕報告。

這並不是說我偷懶，而是我發覺，做新的研究才是更大的挑戰，收穫更多，所以我選擇先做研究。

研究的過程，其實是一個無底洞，回報會比較慢，不像考試成績馬上就出來，但這才是真正的學習過程，而且雖然回報慢，收穫卻是扎扎實實、屬於自己的，不是考完試就一半還給老師的表面好成績。可以說：那個當下椎心刺骨的B，釋放我長久以來讀書是為了追求漂亮成績的功利迷思，轉向真正的學習本質。

觀念一改變，學習反而突飛猛進。大多數人要念六年方能結束的博士班，我四年就畢業了；因為我把時間與精神，花在對的地方、並做出了新的研究成果，最終得到了教授的肯定，畢業論文順利通過。

「怕輸」文化造成保守的心態

回到臺灣教書後，這些年來，我對當時的心情又有一層新的體悟。當年我對科科「全A」的追求，除了從小相信認真念書就是為了追求好成績的迷思，背後，更深的原因是「怕輸」。怕輸、怕沒面子的心理框架，一直到現在，仍然在很多個體、甚至很多企業發展上看到，形成一種保守的文化，妨礙創新的嘗試。

臺大管理學院每年都送很多學生到國外著名大學做交換學生。最近一個同學從北歐的大學交換半年回來，與我分享心得。

她的班上有一半是當地學生，另一半是來自義大利、法國、德國、韓國、印度等全球各地的交換學生，有很多分組討論和報告要做。她發現，臺灣去的學生，理論學得很扎實，程度一點也不輸外國學生，但自信心明顯比較不足，即使有自己獨特的看法與觀點，但不那麼能夠系統化組織與勇於提出思辯討論。相較之下，「歐洲的年輕學生可能理論基礎比不上我們，但他們不害怕，很敢說出口，討論激盪，發現真的有興趣的地方，再去深入鑽研，很有創意和想像力。」

她的心得我完全了解。因為怕輸怕被別人笑的心理，出現在許多層面上，例如阻礙學習新語言（不敢開口怕被笑）、討論課上沉默者占多數，發言的永遠那幾個，但下了課大家卻七嘴八舌意見多多。

這樣的案例在企業發展中也是層出不窮。如果企業躲在舒適區中，無法打破自己過去的勝利方程式，當時不我予，很容易就被時代的巨輪給吞滅。例如柯達（Kodak）公司，主宰軟片市場將近一百餘年，在一九八〇年代末期達到頂峰。面對數位技術的興起，柯達並不是沒有注意到，甚至在數位技術上很早就投入了相當多資源，但為何仍然由盛而衰，甚至在二〇一一年十月宣布破產呢？仔細分析，柯達失敗來自於兩種「慣性」：

認知慣性：柯達的高層多為學化學出身，同質性太高，在審視產業情勢及制定策略時，陷入以往慣常的思維方式。因為「刮鬍刀／刀片」的「框架鎖定」，也就是刮鬍刀（相機）很便宜，但刀片耗材（軟片）才是利潤的主要來源。這樣的盲點導致在新產品發展中，柯達「看不懂」新的市場規則，也「看不起」低利潤的數位產品，導致後來在數位產品的競爭中節節敗退。

例如，柯達第一個上市的數位產品，居然是相片光碟。顧客需將整捲底片，送至軟片沖洗店沖洗。唯一的改變，只是將影像儲存在碟片中。更可笑的是，顧客必須額外花二十美元，購買這張光碟片。

行動慣性：在柯達引進新任執行長後，認知慣性的因素雖然排除，但是公司中階主管的反彈，以及心態過於保守的文化因素，造成了行動慣性。過去產業特質讓柯達盡量避免風險性或創新性的做法，現在員工深恐新的科技會讓自己工作不保，既然「看不開」就會抵制，因而造成轉型上極大的阻力。

「認知慣性」讓我們只習慣於過去的勝利方法，而忽視了創新能力的培養。「行動慣性」讓我們不敢犯錯與怕輸，一味的躲在舒適區中打轉。對比我年輕時全部力氣放在追求「全A」，一樣是只想留在最確信的成功方程式，忽略環境變了，麻省理工定義的「好學生」和臺灣的完全不一樣。

我曾經反省，為何必須到了美國求學、從別人的文化反射出來，才看清自己的迷思？為什麼在臺灣時，從來沒有發現過、從來沒有反省過？

答案很簡單。在臺灣現有的升學制度下，包含高中基測、大學學測，我們的遊戲規則就是，誰會考試，誰就是贏家！三十年前，我念書時如此，現在亦然。或許，大學前的遊戲規則真是如此，但是我們的人生從考完大學起，就再也不是科科得A者保證勝利了。

不論人生或企業，唯有能認清環境變化，敢於跨出舒適區，追求本質的創新，才能永保成長動能。親愛的朋友，從此刻起，掙脫只求第一的魔咒，擺脫怕輸的包袱，大步往前走吧！

——摘自《勇敢做唯一的自己：臺大教授郭瑞祥的人生管理學》，天下文化，二〇一三。

與眾不同人物小檔案

郭瑞祥

人物介紹

臺大工商管理學系、商研所特聘教授，曾任臺大管理學院院長，也在臺大創新設計學院主導設計思考教學與營運策略。曾五次獲得臺灣大學「教學優良獎」及一次臺灣大學「教學傑出獎」，也獲得臺灣大學「特聘教授獎」及第一屆「優良導師獎」。

1. 勝利，並非事事順利

升學制度下的遊戲規則往往是，誰會考試，誰就是贏家。或許，大學前的遊戲規則真是如此，但人生從考完大學起，就再也不是科科得 A 者保證勝利了。

2.「怕輸」的心理會阻礙學習

怕輸、怕別人笑的心理框架會讓我們不敢犯錯，卻也失去學習的機會，妨礙創新的嘗試。例如：學習新語言（不敢開口怕被笑）、勇敢發表自己的想法（不敢舉手怕自己跟別人想法不同）。

3. 你的選擇，決定你的人生

拋開追求表面成績的功利迷思，才能轉向真正的學習本質。觀念一改變，靠著決心和勇氣持續努力，學習就會突飛猛進。

創新先鋒

翟本喬

創新是一種態度，不是一種制度

文／翟本喬

翟本喬，人稱「翟神」，以擁有創新思維與解決問題的實作力著稱。
大二時規劃出臺灣第一套電腦交通號誌控制系統；
在Google工作時，成功改良伺服器的電源架構，
使用電效率從六成升至九成以上，不但節約能源，
也為公司省下了龐大的電費支出。
他的成功，到底跟一般人有什麼不一樣？

我從小就是個勇於挑戰「標準答案」的孩子。

小學四年級時，社會課有次考試出了一題是非題：「蠶絲是嫘祖發明的。」我認為答案是「X」，理由很簡單，蠶絲是天然的東西，它不會被發明，只會被發現，嫘祖發明了「怎麼用蠶絲製作衣服」，她並沒有發明「蠶絲」。可是標準答案就是「O」。

當時我為此跟老師吵了起來，吵到後來，老師不屑地說：「你要這兩

分，老師可以給你沒有問題！」結果我氣到當場哭了起來。現在回想起來，這其實就是我們的教育體制過分重視標準答案所帶來的問題，沒有讓學生去思考各種可能性，只要求把答案死背下來。

有時看到一些文章，談到在臺灣老師眼中的問題學生，到海外當了小留學生之後反而大放異彩，心中不禁悵然：有多少人才是這樣被摧毀的？

寫出正確答案，還是零分

我從紐約大學電腦科學系博士畢業後，有一次代表Google回去招募人才，活動結束時順便去拜訪一下恩師。我在他的辦公室外看到一個臺灣學生在和他爭論，抱怨期中考明明有寫出正確答案，教授卻給他零分。

原來那次考試的形式是「帶回家寫」（take-home exam），全部是申論題，規則很簡單，就是你要翻書、到圖書館查資料、到網路上搜尋資訊，隨便怎麼樣都可以；就是不可以問別人、抄別人。但這位同學交上來的考卷，答案竟然和另一位同學一模一樣！

面對在臺灣習慣了答對就有分的臺灣學生，教授很有耐心地又解釋了一遍「帶回家寫」的規則，學生則抵死堅持不承認是抄的，一直跳針。最後教授氣到了，說：「好！你說你是自己寫的對不對？」然後他把考卷收到背後，「那你現在告訴我，你寫了什麼？」學生頓時啞口無言，因為他是抄的，根本沒有吸收進去，自然答不出來。

在現實的工作及生活中，我們需要的是創造解決方法的能力，而不是死背標準答案的能力。如果學生只是背答案，那麼即使學校教了各種有用的科目，這樣還是解決不了工作和生活中的問題啊！

從生活中培養創新

曾經有雜誌到Google訪問我，最後問到：「Google是用怎樣的制度，讓員工能夠不斷有新的想法推出？」我告訴採訪者：「創新是一種態度，不是一種制度。沒有一家公司能夠本來大家都沒在創新，訂了制度後大家就忽然開始創新了。」

人本來就會創新，Google是在它的公司文化裡、生活環境裡，激勵大家創新，讓這些創新能力能夠發揮出來。當身處的環境、周圍的人都不限制創新表現時，自然會刺激你有一些新的想法出來，也會允許你持續孕育這些想法，直到成熟。

一個人如果在年輕時就已經被一些行為框架限制住，後來是很難掙脫的。尤其是很多人本來滿腔熱血，卻被教育制度或現實壓迫到失去獨立思考和創新的能力。我們必須在生活中隨時產生新的想法，並給它可以滋潤生長的空間，這樣當我們有需要時，大腦才能想出新的想法、新的點子來。

所以，你該怎麼做呢？以下是我的建議：

1.維持自省的習慣：每天自省一下：「今天有沒有去想『有什麼事情是我可以改變的』？」當發現可以改變之處，要有好的理由才可以保持現狀，而不是要有好的理由才去改變。如果你從來不去想要改變什麼，那創新又要從何開始？

2.勇於挑戰標準答案：美國人說「規則是用來打破的」（Ruls are made to be broken.），看到規則時不要盲目遵守，要先了解規則為什麼是這樣定，才知道在什麼時刻、為了什麼原因而需要去打破它。

3.沒有犯錯的機會，就沒有成長的機會：最快的學習方法就是犯錯，愈是丟臉的錯誤，愈是留下深刻的印象，愈不會再犯。而犯錯最好的時間是什麼時候？就是當學生的時候。學生時代犯錯，了不起老師罵一罵、成績當一當；入社會犯錯，輕則金錢損失，重則罰則加身。

所以趁還是學生的時候，趕快嘗試吧！讀書歸讀書，多找點事情來做，錯了就錯了，重點是要從中學到教訓。當然，這不是叫你故意去犯錯，而是在不確定的時候要勇於去嘗試。如果確定知道是錯的，當然不要笨笨地去做。

4.累積未來資本：如果你現在的處境不容許你做大的改變，那就多利用手邊資源累積未來資本吧！善用現況，廣結善緣、廣納新知，多交朋友、多學新的知識。

十年生聚、十年教訓，總是會有那個讓你發光發熱的時刻。

——摘自：《創新是一種態度》，商周出版，二〇一五。

與眾不同人物小檔案

翟本喬

人物介紹

翟本喬，臺灣大學數學系第一屆的大學保送生，紐約大學電腦科學系博士。曾任職於貝爾實驗室、Google、台達電子等公司，2013 年自行創設雲端科技公司和沛科技，其後並與朋友合資投資口罩新創公司「美斯傑 MASgicK」，並在 2020 年的新冠肺炎防疫作戰成為重要物資。

與眾不同學習密碼

1. 創新是一種態度，不是一種制度

外在框架的限制不應成為自我限制的藉口。勇於以今天的我去挑戰昨天的我，不斷打破框架、突破現實限制，反覆激盪，找出契機，才能擁有創新的機會。

2. 古語說：「三思而後行」，我會把它改成「三思而後不行」

當你有一個新的想法，遇到阻礙時，至少找出三個真正不可行的理由，然後才能放棄，不要一個理由就把你打垮。

3. 和任何人相處時要想著一件事：我可以從他身上學到什麼？

聰明的人能從別人身上學到東西，只有笨蛋才無法從別人身上學到東西；如果一個人開始瞧不起別人，那表示其實他沒有那麼聰明。

成功方程式II

鑽研興趣型

找到自己的興趣才華，
不斷鑽研，讓自己成為真正一流！

嘻哈歌手

熊信寬（熊仔）

我不是跨界，是勇於撕掉各種標籤

文／賓靜蓀

很多人很好奇，我為什麼會變成饒舌歌手？其實我並沒有立志要這樣，只是小時候很喜歡聽周杰倫，每天都聽他的CD，會去模仿、去研究裡面的groove（律動）從哪裡來。

十三、四歲時，有一次不知犯了什麼錯，被我爸（編按：經濟學家熊秉元）處罰不能聽CD，只好聽廣播，突然聽到阿姆（Eminem，知名饒舌歌手）的歌，寫給他兩個女兒，很感人，我就很震撼，竟然有這樣的饒舌！我以前只知道周杰倫、大支等臺灣的饒舌歌，就跑去買了一張阿姆的CD，就這樣開始去找很多他的音樂，開始著迷。

九〇年代的嘻哈屬於幫派嘻哈，內容不外槍枝、女人、性、毒品，但阿姆講的就很「法大」（原文fuck up，搞砸之意）：跟媽媽間的問題、離家出走、被欺負，講血腥暴力。我那時很屁，覺得自己很帥，想了解為何他會唱這些？

饒舌最大的魅力在於歌詞的內容，我都聽得懂。為什麼？因為十歲時，曾跟家人去英國留學一年，所以英文理解沒問題，語言能力這一環很重要。

另一方面，我也一樣正常上學。從小就很喜歡數學，喜歡解題時像破解一個個謎題般的感覺，覺得數學很有邏輯，很有趣。幼稚園就已經學會除法，小六就完成國三的數學，還參加全國比賽。

國中時，數學和英文都不需要花太多工夫，對理化也還滿有熱情，課業負擔主要在國文和社會科。國一時我爸要我每個禮拜背一篇《古文觀止》，〈蘭亭集序〉、〈赤壁賦〉這些文章。我通常都等到星期六早上臨時抱佛腳，因為星期天驗收。總共背了四十幾篇。唐詩宋詞這些就學校考試前才去背。

閱讀，帶給我無限想像

國高中時，我超喜歡看《哈利波特》、金庸小說，大概都看了兩三遍，金庸講人情，加上很多想像，我那時很喜歡奇幻、天馬行空。《哈利波特》架構很完整，你都猜不到結局。最近看《哈利波特》第八集新劇本，就覺得不好看，因為一開始就可以猜到結局了，這不是本尊J. K.羅琳寫的，真的有差。

我也很喜歡科幻小說。記得曾修過葉李華教授開的一門通識課「科幻研究」，他推薦很多科幻小說，我因此認識了美國「科幻機器人之父」艾西莫夫（Isaac Asimov）。他是天才型作家，寫過莎士比亞評論、科普書、很多科幻小說，電影《機械公敵》、《變人》等，都是改編自他的小說。他的年代還沒有網路，但已經寫出超級完整的故事，我最喜歡的是《基地三部曲》。

這部小說就是未來版的羅馬興衰史，故事背景設定在未來的宇宙帝國，從一個很簡單的假設，發展出整套故事（不像現在很多科幻小說，一大堆前情提要和設定）。艾西莫夫虛構了一門自然科學（他稱為「心理史學」），認為當人口數量達到一定規模後，歷史方向就能進行預測。他用一套數學公式來解釋羅馬興衰史，超帥的，令人嘆為觀止。

寫歌，讓我快樂

小時候家人也讓我學過打擊樂器、小提琴，但都沒有持續太久。我真正喜歡做的事，就是寫歌。國一開始跟同學把流行音樂拿來，改人家的歌詞自己亂唱，把那些罵同學的、很白癡的歌詞寫在課本上。我一直都有在創作，也開始自己編曲，高中時把作品放在網路上，但沒什麼同好，雖然曾加入建中另類音樂社，但裡面一堆怪人，嘻哈掛的沒幾個。

進臺大後，在社團博覽會路過一個嘻哈研究社，我嚇一跳，竟然有人在研究這東西！那時我穿著很不嘻哈、很不街頭，就是一個一直以來很喜歡熱文化的小宅男。進社團後才發現原來那麼多人在創作，喜歡這個文化。才開始了解更多臺灣地下嘻哈文化。

我喜歡在限制下創作，先給限制，然後想辦法跳出來。像艾西莫夫小說裡的機器人有三大限制，饒舌歌得押韻，也是限制，中文和英文不同，是單音節字、而且有四聲，這些都是限制，我就要去突破。

我創作時重心一直在改變。剛開始，我們這種聽國外饒舌長大的，會覺得，為何中文都做不出這種感覺？為何沒有這些技巧？所以自己創作時就會狂押韻。但除了韻以外，還該注重 flow（節拍點）、對拍的方法等技術層面。後來就著重巧思創意，例如雙關梗或文字遊戲，到後來再鑽研內容：要怎麼說這個故事，如何完整說一個故事、完成一個專輯？最近，比較重視音樂性，會去了解和絃，聽別人如何編曲、安排聲部、樂器等。因為是給大眾聽的，音樂性要更強烈。

我一直在打破限制，撕掉標籤

音樂之外，我自己也在撕掉各種標籤，例如「好學生」這個標籤。「好學生為什麼去玩嘻哈？」「家族中有十個博士，為什麼我不去念一個博士學位？」「這個人數學很好一定要當工程師」「唱這種曲風的人一定是哪種類型」……這些都是大眾的標籤，我不相信標籤，因為那好像在把人「歸類」。

根據我爸的講法，「貼標籤，是符合經濟效益的事情，因為你省掉了成本。」例如，這人是處女座，一定很龜毛，於是你就不需要認識他，節省了去認識他的成本。但我認為每個人都獨一無二，每個人都是他自己，不是工程師、數學家。就像葉丙成老師說，最重要的標籤就是「認識自己是誰」就好。

我也不認為我是跨界，因為那表示，就有個界線在那裡。

去年為了專心準備專輯，我從臺大電機研究所休學，大家都告訴我，你應該好好走這條路，好好讀完研究所……但我發現，我對研究學問，沒有像對音樂這樣有愛，所以我選擇創作。至於我會不會把碩士讀完？這是個好問題，我們下回分解。

我家人和老師都對我很好、很支持，雖然也擔心我的未來，但我把想做的事和未來的計劃講清楚後，他們就全力支持。父母當然會一直唸，但希望家長真的多相信自己的小孩，多了解他們，與其一直叫孩子做這個做那個，不如問他，你為什麼現在要這樣做？重要的是陪伴。雖然我不是家長，但我當過小孩。

生命之路，無限寬廣

我的成長歷程看來很順利，當然也有辛苦的事情，例如升學制度就是。在這個制度下，你的視野會變得很狹隘，沒辦法看到其他的事情，視野只能縮、縮、縮到只有學科，這其實是很「法大」的事情，非常讓人扭曲，我很不喜歡。但當下你都被縮成那樣，沒辦法質疑，只能去做。走出來之後，我看到了，所以會鼓勵大家在更年輕時，先盡量探索自己，往自己喜歡的方向去。

嘻哈也許是暫時的，因為我知道我喜歡的是創作，不一定要做音樂，未來可以去做別的東西啊，例如寫劇本、寫小說，搞不好當工程師，創作了一個很棒的產品……現階段想做的事情我先把它完成，一個里程碑接一個里程碑，我現在最想做的就是，下一張專輯。

——載自：賓靜蓀採訪，《親子天下》第八六期，二〇一七。

與眾不同人物小檔案

熊仔

人物介紹

本名熊信寬，臺灣大學電信工程學系學士、碩士。曾任臺大嘻研社社長，於2015年發行首張饒舌音樂專輯《無限》，入圍第27屆「最佳國語專輯獎」與「最佳新人獎」。生在家族中有十個博士的家庭中，熊仔勇於實現自己熱愛的嘻哈音樂夢，他期望未來能以更成熟、完整的方式，將音樂與概念做更契合的呈現。

與眾不同學習密碼

1. 時間不是金錢，時間是鑽石

這是熊仔的指導教授李琳山老師的名言。鑽石變小，就失去價值了。如何在人生有限的時間內，追求自己的夢想，需要做有效的時間管理與規劃。

2. 找到一生的熱情所在

還不知道自己的興趣是什麼不要緊，先盡量探索自己，再往自己喜歡的方向去。找到有天分和才華的事情，投注整個生命的熱情，把它玩到發光發熱，就能變成一流人才。

3. 跨領域結合，玩出無限可能

自己的學習歷程與生活中經歷的人事物，最後都會經由重新被吸收、轉化、解構，最後成為新的創作來源。

知名漫畫家

彭傑

我要用漫畫，感動全世界

文／謝明玲

彭傑，是首位以短篇漫畫登上日本最有影響力的漫畫雜誌《週刊少年Jump》的臺灣漫畫家。畢業於建築系、擁有建築師執照的他，卻很早就在心中立下心願：我的人生不是為了蓋房子，而是為了畫漫畫而生。他是如何走到今天這一步，成為炙手可熱的漫畫家？

「這裡，幫我多噴點效果線出來，讓速度感更好一點。接下來畫十九頁，樹林遠景打好草稿給我看一下。一個小時，你試試看，」沒有回頭，漫畫家彭傑快速交代助手。

一月中，寒流來襲。臺北市萬華區的公寓頂樓加蓋六坪工作室裡，彭傑和三個助手對著電腦不倦地畫著漫畫，桌上有中午吃剩的麥當勞。

他們正在畫的，是彭傑在日本發行量最高的漫畫雜誌《週刊少年Jump》旗下APP「少年Jump+」的連載《時間支配者》。這個從二〇一五年三月底開始連載的漫畫，在採訪時出到二十二回，但他已經畫到五十三回了，很顛覆一般人對於漫畫家總是追趕截稿日，沒日沒夜的印象。

彭傑是臺灣漫畫界的新星，也是異數

二〇一〇年，他就以短篇故事《Kiba & Kiba》登上過《週刊少年Jump》，成為第一個登上該雜誌的外國人。兩年後，他再以《時間支配者》的短篇登上增刊號《少年 Jump Next!!》；二〇一四年，他和日本漫畫家安童夕馬合作的《新宿 D×D》登上雜誌《Manga Box》。再加上二〇一五年開始APP上的連載，彭傑不斷站上日本這座漫畫界最高殿堂。

「日本漫畫很競爭，人才也很多，要有非日本人能上去發表，不容易、不簡單，」尖端出版執行長黃鎮隆說。

採訪當天，海外更傳來好消息，中國的優酷土豆出資，《時間支配者》將由日本一線製作動畫團隊將原作動畫化。這更是國內創作者少見的跨國合作與突破。

從小立志要用漫畫感動人

彭傑說話極快，邏輯分明。處女座的他強調細節、自我要求高，痛恨浪費時間，理性而冷靜。合作三年的助手馮昊說，他曾見過別的漫畫家沒來由地踢椅子、拍桌子，卻從沒見過彭傑發飆。

一路走來，彭傑知道夢想需要醞釀，鬥魂需要堅持，因為漫畫家是最考驗續航力和意志力的嚴苛職業。

「鬥志，就是興趣和熱情燃燒完後，剩下真實的那個東西，」彭傑下了註腳。

彭傑愛上漫畫，是五歲在路上撿到一本盜版《小叮噹》（後來譯名更改為《哆啦A夢》）開始。他被小叮噹的長篇故事感動，拿了白色影印紙裝訂成本，以班上同學為角色畫成連環漫畫。

「我從小就是一個被漫畫影響的人，所以我也想去改變別人，」彭傑說，他希望漫畫愈多人看到愈好，擴散正面能量。「我的夢想，是用漫畫感動全世界的人。」

但夢想之路，比想像中還要迂迴與遍布荊棘。

「在我們這一行，光靠興趣你是絕對撐不下去的。因為興趣就是做了會開心的事，但到這行，你會遇到很多事是不開心的，」彭傑說。「這時沒有強而有力的意志，『非要做這個不可』的想法撐下去的話，一定會放棄。」

不怕被挑剔，改到編輯點頭

第一道關卡，是編輯的挑剔。

在日本，編輯角色舉足輕重。他們會從市場考量，給創作者提出嚴格的修改建議：這有版權問題、那個不受歡迎、最好換個人物設定、分鏡、題材不行……。就算一個小故事也可能修改百次，過不了編輯那關，就沒有往上提的機會。而且因為編輯很忙，等一、兩個月才有修改回音，是常有的事。

「創作者心態是很難允許人家改東西的，很多人都被這打敗。創作者能不能走進商業市場，關鍵就在這裡。你要願意改變，或你要拿出更好的東西說服他們，」彭傑說，這不是盲從，該堅持的還是必須堅持，但創作者必須隨時關注讀者的反應。

二〇〇七年，友善文創總經理王士豪帶著旗下漫畫家的作品，到日本出版社一家家毛遂自薦。二〇〇九年，當他把彭傑的作品拿給《週刊少年Jump》時，對方卻說彭傑的分鏡很少年，適合國高中生看，但畫風太老。

王士豪回憶，彭傑當時不覺得自己畫風醜在哪裡，所以很苦惱。

於是，彭傑去找了幾個當紅漫畫家的作品，臨摹畫風，再擷取想要的部分拼在一起，慢慢轉化成自己的東西。「他的厲害在於他願意這樣做（改畫風），」王士豪說。

就這樣磨了一年，機會終於來了。有一天，他們接到《週刊少年 Jump》來信，說日本漫畫家稻垣理一郎的《Kiba & Kiba》要比稿，問他們願不願意一試。

這又是另一個挑戰。彭傑原來希望以原創作品叩關，要畫別人的故事，一開始讓他很不能接受，覺得提不起勁來。

「我一開始很抗拒，現在也還是。但我覺得如果這件事對未來有益，又可以學到東西，何樂而不為，」彭傑說，重要的是他沒忘記持續耕耘自己的故事。

後來，彭傑不僅畫了三種人物設定，還多畫了背景和時空設定，成功拿下合作案，成為躍上《週刊少年 Jump》的第一個外國人，且得到不錯的讀者迴響。

赴中練兵，磨出職業級水準

然而，後來他們再以另一個長篇去提案，卻沒有拿下連載，主要是因為對方擔心海外作家能否趕上週刊截稿速度。

更意外的是，連載會議後幾天，日本就發生三一一地震，有半年，他們都沒得到日方的任何回音。

與其等待，彭傑決定到中國另闢新路，同時繼續在日本丟原作雙線進行。一個月之內，他獨力畫完另一部作品《方舟奇航》，並把作品寄回日本，向日本證明他們的速度夠快，這部作品後來在中國開始連載，也漸漸在中國建立起知名度。

「到中國畫一年週刊，是我們的壓力測試，測試畫週刊可以多快，」王士豪說。

因應截稿的壓力與速度，是能否成為職業漫畫家的關鍵，這需要強大的自律能力。

成為職業漫畫家後，彭傑慢慢培養出自己的工作哲學與節奏：他堅持不熬夜，不僅不拖稿，還總是超前進度，讓每天的自己都處於蓄勢待發、迎接挑戰的狀態。

「對我來講沒有截稿期，就是一直往前畫。我要一直保持餘裕，這樣突然又有什麼機會的時候，才能馬上接下來，」彭傑飛快地說。

目前，他最高紀錄是一個月畫到一百八十頁。王士豪計算，在週刊連載，一個月要畫大約八十頁，因此以彭傑的速度，可以同時畫兩個週刊，還接其他案子，綽綽有餘。

為什麼他能做到？一是因為他從小畫畫，基礎夠深厚；二來他嚴格要求自己，執行力強大。每天九點半，他和助手一起開始上班，五點半，助手下班了，他繼續構思或畫畫，然後準時凌晨十二點睡覺，不需熬夜，也絕不熬夜。

「你不可能連續燃燒你的熱血和青春。我想維持體力好一點，畫久一點。而且精神好，效率才會高，」彭傑說。自律與好的生活習慣是長期奮鬥的根基。

十八頁SOP，讓創作高效能

而且，為了讓作品畫得又快又好，他還不斷改善工作室流程。

二〇一二年，他就建立了一套工作室SOP，洋洋灑灑的共有十八頁。SOP先說明圖層如何分層、工作流程細節、規範不熬夜不拖稿等，接著，就把東西怎麼畫、會如何給指令等，詳細訂出規範。

例如，「速度感的線」分成表現「平穩速度感」和「瞬間速度感」兩種。SOP裡還清楚寫明，「突然速度感不能比主線粗，密度中等」等細節；

其他如表現集中的線條有七種、表現音效的則有五種，各有不同的代號、畫法說明等，助手只要參照SOP，就一目瞭然。這些系統，全是彭傑自己建立的。

這系統讓助手可以很快進入狀況。而且，助手常一直換，建立SOP可以避免在交接時浪費太多時間，更可以保證助手無論如何替換，都不影響作業水準。

而且，他規定助手畫完草稿、主線稿、細節等每一個階段間，都要給彭傑看，看完一個階段OK了再畫一個階段，三次控管，避免最後才看，結果不行，浪費時間。

▲不斷在人物造型筆觸上反覆琢磨的彭傑，以自己的實力在最高漫畫殿堂日本，成功占下一席之地。

同在友善文創下、最近才和彭傑合作《超科少年》的漫畫家好面觀察，稿量多，考驗的已經不是作畫速度，更是工作的調度安排，甚至是生活安排的能力。「我甚至覺得，他（彭傑）的時間好像是我們的兩、三倍，」好面笑說。

過程中，他還要適應文化差異。例如，在連載《新宿D×D》時，有一幕是流氓一字排開。編輯一直告訴彭傑，他畫得不像日本流氓，一調再調才到位；又如有一幕主角和流氓對戰，彭傑原來的分鏡，打算讓主角耍帥，把菸丟上去，然後菸掉下來時，流氓已經被全部打倒。但編輯卻告訴他這樣太「少年漫畫」，不是他們要的味道。

像這樣，與編輯的反覆溝通、跨海的文化隔閡與協調、日日不能鬆懈的自我管控，或是短時間無法成功推出自己原創的苦悶等，這幾年，彭傑學習到必須「沉得住氣」，因為夢想頂點從不是一蹴可幾，別人也沒有一定要給自己機會。儘管迂迴，只要頭抬得夠高，眼界還在、目標還堅持，沒有一條路會白走。

「輸沒什麼好怕，我一直在輸。十件事情九件輸了，只贏了一件，最後那個撐下去的才會是真實的。真的不用怕輸，我們大部分時間都在跟失敗相處，」彭傑說。王士豪觀察，經過六、七年的磨練，彭傑性格更加沉穩，沒有變的，是用漫畫感動世界的夢想，與不斷挑戰的反骨。

「我希望自己站在那個位子上，在前面開一條路。或許這條路還是會很難走，但我要告訴你，是走得通的，」彭傑說。就像漫畫《進擊的巨人》，人在圍牆內生活，外面巨人環繞，但只要感覺有希望，人就有動力往外衝。

「這是很美的一件事情，」他說。

——載自：謝明玲採訪，《天下雜誌》第五九一期，二〇一六。

與眾不同人物小檔案

彭傑

人物介紹

首位登上日本《週刊少年 Jump》的臺灣漫畫家。成功大學建築研究所畢業，作品包括：《Story 童話書裡的童話》、《方舟奇航》、《超科少年》、《時間支配者》，其中《時間支配者》已改編為電視動畫，並在 2017 年夏天正式播放，並陸續發行韓文版及日文版單行本。

與眾不同學習密碼

1.「輸」沒什麼好怕，我一直在輸

十件事情九件輸了，只贏了一件，最後那個撐下去的才會是真實的。輸真的不用怕，我們大部分時間都在跟失敗相處。

2. 路走得不順遂時，要沉得住氣

夢想頂點從不是一蹴可幾，別人也沒有一定要給自己機會。儘管迂迴，只要頭抬得夠高，眼界還在，目標還堅持，沒有一條路會白走。

3. 面對批評，持續改進與學習

面對編輯的建議、被業主打槍，都不要氣餒，傾聽不同的意見，馬上檢討改進，前途又是一片光明。

4. 健康比夢想還重要，維持規律生活作息

即使從事漫畫產業，還是要維持規律的生活作息，因為身體搞壞了，就什麼都做不到了，更別提什麼目標和夢想。

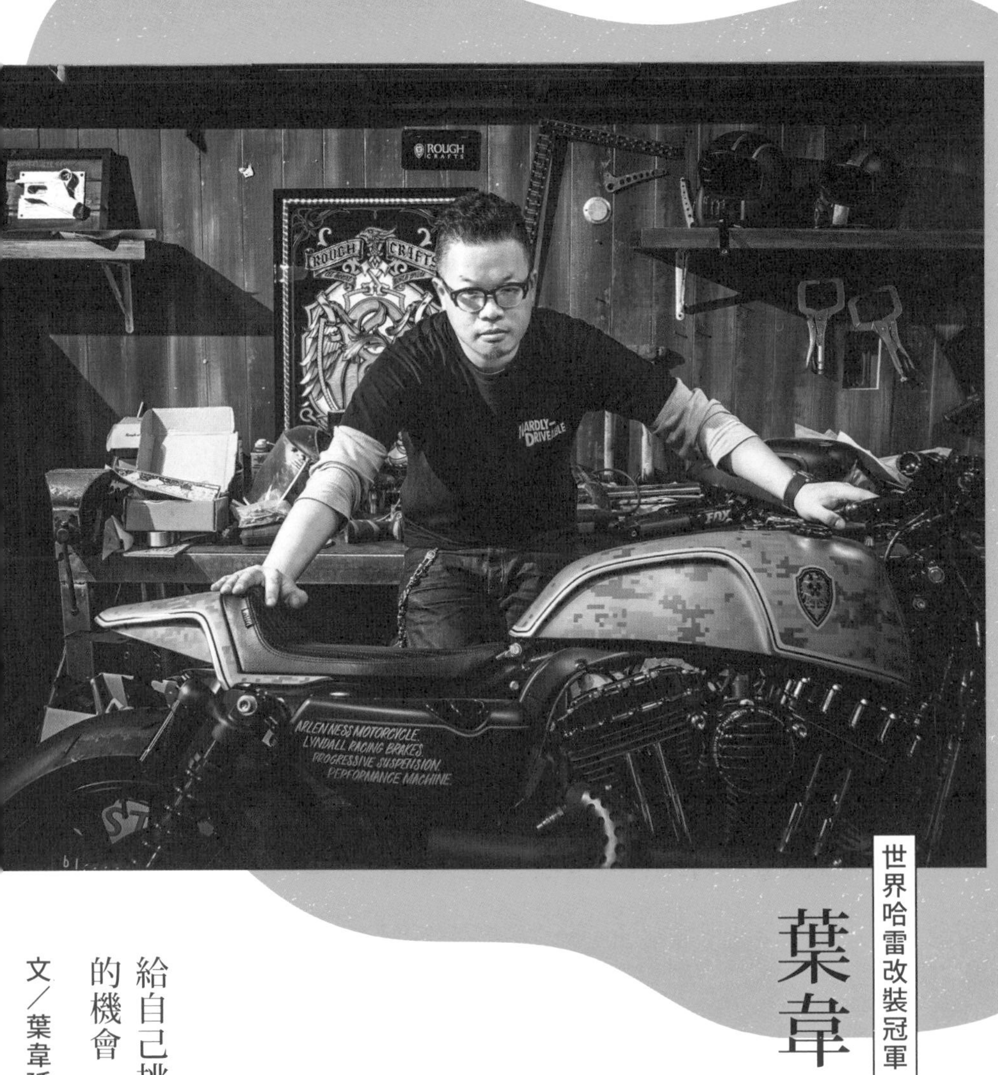

世界哈雷改裝冠軍

葉韋廷

給自己挑戰世界的機會

文／葉韋廷

葉韋廷，曾獲得二〇一三年哈雷機車改裝比賽世界冠軍。

面對臺灣一般民眾以「飆仔」或是「壞小孩」來稱呼這群「玩車的人」，他想問的是：為什麼長大後的我們不再想做個厲害的人？

為什麼我們不再想去挑戰世界？

到底，一個人在受教育、成長的過程中，發生了些什麼事？

我叫葉韋廷，我是一個愛玩車、愛自己動手做東西的人。其實不只是摩托車，我連家具或是汽車，任何我可以做的東西我都想要去做。

我不知道多少人了解臺灣對改裝摩托車這個行業有多少限制。舉凡法規上的限制、大家對於改裝車的接受度，以及許多人看到我們這群「玩車」的人，就會以「飆仔」或是「壞小孩」來稱呼。但是，我心中就是知道，我真的喜歡這個東西，所以即使所有人都跟我說：「做這個東西到底要幹麻？」我還是覺得這件事就是很帥、很有成就感。沒有人懂你這件事情，你要覺得很正常，就是因為沒有人知道你在做什麼，所以你要卯足了勁，證明你自己可以辦到！

●長大以後，不要忘記挑戰全世界

首先，我想要問大家一個問題，這個問題就是：你上一次有「我要挑戰世界」這個念頭，是多久以前的事？

我知道每個人小時候都會被學校老師要求寫一篇作文，叫做「我的志願」。有些人會寫：「我想要當太空人上太空」、「我想要去當賽車手」、「我想要去打網球」或是「我想要去打棒球」等；但不會有人寫：「我沒有要當第一」、「我沒有要很厲害」、「我沒有要很強」，這是不可能的。

慢慢的我們長大了，環境卻給了我們很多的限制與條件，很多長輩會告訴我們：你應該要去找一份正常的工作，你應該去找一份穩定的收入，這樣才可以給你跟你的家人一個正常的、穩定的生活。這些說的或許都對，也都很有道裡，但我想問的是：「為什麼長大後的我們不再想做個厲害的人？」、「為什麼我們不再想去挑戰世界？」到底，一個人在受教育、成長的過程中，發生了些什麼事？

現在打開電視機，經常會看到電視在轉播F1賽車、MotoGP、極限運動，很多人會按時魂不守舍地守在家裡電視機前面，一面看一面讚嘆，覺得它超帥、超酷的。但是當你在收看的時候，有多少人真的會覺得：「欸，我好像應該也去比一下」、「我應該要去挑戰一下」、「我應該要進去那個世界裡面」。長期以來，我一直在想，為什麼我們看見了，卻始終缺乏一些勇敢實現的動力，問題到底在哪裡？我覺得或許是生長在臺灣的孩子，總是少了一份真實的感覺，那就是深刻的去體會：「我們看到一些很帥的事情，而且它們是真真實實正在發生的」。

我在美國待過一段時間，當時曾經去看現場的極限運動，讓我非常的驚訝，驚訝的重點不是人家的極限運動技術有多厲害，重點是在那個會場裡面的所有人，不是抱著一種朝聖的心態去看比賽，大家是利用週末假日，攜家帶眷、孩子跟著爸媽一起去欣賞，去讚嘆這個東西就是這麼的酷。現場觀眾裡面，有些人的朋友可能就是賽車場中的賽車手，有些人他家的後院可能自己就堆了一個土坡，每天都在家努力練習越野車三百六十度翻轉。在他們的認知中，不會覺得某件讓他們感到「陌生」、「非主流」的事情是很可怕的，或者是距離自己很遙遠的；他們反而覺得這些很酷的東西在他們的生命中是現實的、是會出現的、是我也可以做到的。

但在臺灣不知道為什麼，至少我接觸過大部分的人，對於不符合主流價值觀的職業或是技術，就會感覺它好像不是「真實」的，那只是在電視螢幕裡面才會出現的東西。這是我覺得非常可惜的一件事。

如果那個人可以辦到，為什麼我不行？

我在臺灣念完工業產品設計研究所畢業之後，受到教育部補助「藝術與設計菁英海外培訓計劃」，到美國進修產品設計。後來在機緣巧合之下，去了一個叫 Roland Sands Design 的公司工作，這間公司是在美國改裝哈雷機車界非常有名的品牌，我負責的工作是平面設計。當我在那邊做了一個多月的時候，有個經驗深深的打動了我，讓我覺得「這件事情」是真真實實在發生的。

某天，突然有一個攝影組跑進公司，開始架了一堆麥克風、一堆攝影機，然後霹哩啪拉就開始進行拍攝。我好奇的問：「欸，今天到底要幹麻？」對方回答：「沒有啊，我們要拍一個探索頻道（Discovery）的節目。」

哇，我當時覺得：好帥喔！我們在臺灣，有多少人聽過你的公司或你朋友的公司，被拍進探索頻道的節目？

就是在那個當下，我深深的感受到：一件事情，當你花了時間、花了精神、花了一切把它作到最好的時候，就會有一群人默默的去支持、去把你的東西推向全世界。這就是我所要分享的「真實感」，當你感受到這個東西真實存在的時候，它就會帶給你一種「我也可以去做這件事」的動力，而不是覺得那只是存在於腦袋中作作白日夢，或者是電視或電腦螢幕中遙不可及的東西。

最後，我想分享我覺得超帥的一句話：「如果那個人可以辦到，為什麼我不行？」（If that guy can do it,why can't I?）我覺得不管你現在幾歲，不管你是在生活中、工作中的某個時刻，當面對你喜歡的東西時，或者當你面對挫折與失敗時，不妨可以暫停下來問問自己這個問題：「如果那個人可以辦到，為什麼我不行？」

——本文摘自：葉韋廷於 TEDxTaipei 二〇一三年演講。文字整理：黃麗瑾。

與眾不同人物小檔案

葉韋廷

人物介紹

1980 年生。從事過塗鴉藝術、視覺設計、包裝設計與 CI 設計等多元範疇，曾任時尚品牌溫慶珠流行事業之設計一職，也因出色的塗鴉技術而參與過《塗鴉人：轟炸臺灣》一書。累積在國外任職的工作經驗，於 2010 年創立 ROUGH CRAFTS 改裝設計工作室。2013 年獲得德國 ESSEN 舉辦哈雷機車改裝比賽世界冠軍的榮耀，其後並受世界各大廠如 YAMAHA、BMW、MV AGUSTA 的青睞，合作製作概念改裝車。目前以個人品牌設計各項量產零件商品，受到廣大國際市場的喜愛。

與眾不同學習密碼

1. 沒有人懂你這件事情，你要覺得很正常

就是因為沒有人知道你在做什麼，所以你要卯足了勁，證明你自己可以辦到！

2. 長大以後，不要忘記挑戰全世界

面對自己感到陌生、或是非主流價值所認可的事情，不要立刻打退堂鼓，永遠不要失去勇敢作夢、實現的動力。

3. 永遠相信：「我也可以做到！」

目標雖然很遠，但你不一步步走，永遠不會靠近。無論過程中遭遇失敗與挫折，要記得告訴自己：「如果那個人可以辦到，為什麼我不行？」

鈑金世界冠軍

馬祥原

愈艱困的環境，愈能讓自己成長

口述／馬祥原
文／洪懿妍

二〇〇一年九月，在韓國的漢城（現今的首爾），我的人生從此有了重大改變。

每兩年舉辦一次的「國際技能競賽」在漢城舉行，我代表臺灣參加第三十六屆「汽車鈑金」組競賽。在歷經四天、總計二十二小時的賽程後，成績揭曉，隨著大會公布第三名、第二名的名字都沒有我，氣氛變得愈來愈緊張，希望卻也漸漸升了上來。最後，第一名得主公布——馬祥原。那一剎那，興奮、感動、驕傲，所有情緒湧了上來，我拿起國旗在場內揮舞，內心激動不已。我終於可以為臺灣爭光露臉，也贏得了自己的第一面世界金牌。

一生中最榮耀的時刻

沒有料到，更激動的時刻還在後面。在所有組別頒獎完，接著頒發「國家最佳選手」時，我再次聽到自己的名字，拿到了第二面金牌。在心情激盪起伏的情況下，我成了臺灣有史以來第一位在「國際技能競賽汽車職類」中獲得雙面金牌的選手。幸運之神實在太眷顧我了！

那一屆，臺灣總共有三十六個職類的選手參加國際賽，包括汽車鈑金、電腦繪圖、模具、美髮、烘焙等，每一位都是經過全國比賽取得冠軍後，才有資格代表臺灣參賽。

我還記得，從韓國回來，一下飛機，我們就直接被帶往臺北市信義路的空軍官兵活動中心，接受國家表揚。那一天，我舉著國旗，站在最前面，領著隊伍進場，覺得非常光榮。那是我目前為止，一生中最感到榮耀的時刻。為了練習汽車鈑金，我流過血，流過汗，也流過淚，但就在那一刻，一切都值得了。那一年，我二十歲，而在這之前，我不過就是大家眼中的「放牛班囝仔」。

那段蹺課、被處罰的日子

我是苗栗人，從小在苗栗長大。我是十二月生的孩子，應該和下一年度的小孩一起上小學，因為父母工作實在太忙，只能讓我早讀。原本學區內的後龍國小不願意接受早讀生，我只好被轉學到阿媽家附近的外埔國小，離家比較遠，但也沒有辦法。

從小，我念書就很一般，成績始終不好，小學五年級前，只有數學成績還可以。當時，我對數學特別有興趣，還到補習班去補習，考試成績也不錯。遺憾的是，後來那間補習班發生老師掌摑學生事件，我一位從小玩到大的同伴被打。這件事鬧了一點風波，雖然最後不了了之，但從此我們就不再上那家補習班了。

然而，苗栗是個小地方，根本沒有第二間補習班可去，我的數學成績一落千丈。原本唯一可以讓我有自信的數學變差，其他科目也一蹶不振，慢慢地，我對學業開始出現了自卑感。

學校成績不好的學生，我相信一定都會自卑，被處罰應該也是家常便飯，尤其是在臺灣這麼重視成績的地方。

我還記得，小學時在學校一天到晚被罰寫，考不好也會被打，被罰半蹲。有時還不只蹲一節課，蹲個半天一天的也有。每次去洗手間，真的連站都站不住，回到家還不敢說。回家時也不敢走太快，要讓腳恢復一下，否則被爸爸看到我腳在抖，就更慘了，他知道我在學校被處罰，會再打一頓。

每次考試的時候，看到自己什麼都比人家差，特別是明明別人也都在玩，卻還能考那麼好，就很洩氣。尤其，在我們還沒有放棄自己之前，也去補過習，對自己仍抱有希望，哪裡知道，沒補習後整個落差更大，好像永遠都趕不上別人，感覺又更失落了。等到了國中，就開始放縱自己。

工藝課是唯一有成就感的課

回想我的國中生活，渾渾噩噩的時候多，認真學習的時候少，成績單上唯一比較像樣的科目就是需要動手做的工藝課，雖然上課次數不多，但我知道自己很喜歡，就會認真去做。

有一次，老師教我們在一塊電路板上裝會發亮的小燈泡，我覺得很好玩，就做得特別用心。同學做出來的板子都很大，我偏偏費工地在一個指甲大小的板子上做燈泡。跟別人不一樣，完成後很有成就感。

那時，我隱約感覺自己並非什麼都不行，對於喜歡的東西，我就會很積極地去做。只是術科成績很好，好像也沒有人在意，但至少，爸媽不會潑我冷水，他們頂多就是念一念：「怎麼術科那麼好，學科都不好？」然後再說個幾句，「讀書讀得好，就不用像我們做工作得那麼辛苦」之類的話。

我爸開修車廠，專門維修大型工程車或工務車。當時，臺灣還在十大建設的後期，經濟起飛，西濱公路在蓋，高速公路也還在蓋，工程建設很多，修車廠的生意很好。

雖然爸爸是開修車廠的，但他並不想讓兒子接家裡的工作，因為做黑手很辛苦，他總希望我多讀書，將來上大學，坐辦公室。只是，每當他這麼說時，我心裡想的就是：「我要能讀大學就厲害了，就是讀嘸啊」。當時，根本沒想過自己會有上大學的一天。

把實作經驗當成學習的基礎

基於種種因素，再加上國中生的叛逆性格，我一度非常排斥幫家裡修車，總是能躲就躲。但後來也想開了，畢竟這是家裡的事，而且你親眼看到家人真的做得很辛苦，就會想為這個家也盡一點力。

上了國中，我幾乎沒有假日可言，週六週日都要幫忙修車，因為數量很多，感覺永遠有做不完的事，也因為這樣，我可能一天就會處理到三、四個相同的車子問題，磨功夫的機會很多。現在回想起來，那其實為我日後的修車功力打下很好的基礎。只是，國中生是不可能想那麼遠的，當時只覺得辛苦。

另外還有一件困擾我的事是，做黑手讓我在女朋友面前覺得尷尬。因為修車的關係，我的手每天都很黑，怎麼洗也洗不掉，心情非常鬱悶。

那時，我認識了一個女生，每次見面時，就恨不得把手藏起來。就算她知道我家裡是做什麼的，我還是希望能保持一個完美的形象，況且，應該沒有女孩子會希望被那麼粗、那麼黑的手牽吧。

被分了等級，卻讓自己更茁壯

回想起我的國中學習時光，老實說，人的秉性都是好的，只是因為成績好壞，而被分了等級。我在國中雖然做了很多「匪類」的事，但我一直不覺得自己是壞孩子。不過，如果你問我，明明不是壞孩子卻被分等級，會不會覺得委屈？其實也不會。事後回想，我覺得在這種環境下成長，反而讓自己變得更茁壯。因為我們沒有走錯路，結果就是茁壯的，生存力比別人更好。

如果當年把我丟到升學班，我在升學班裡肯定是最後一名，搞不好一輩子這樣壓壓壓，永遠都沒有浮上來的可能。再往好處想，當時玩的東西比人家多，反而現在都變成了很好的回憶。

——本文摘自馬祥原口述，洪懿妍採訪整理，《0.1釐米的專注》，天下雜誌出版，二〇一五。

與眾不同人物小檔案

馬祥原

人物介紹

生於苗栗，育民工家畢業。2001 年在韓國首爾奪得國際技能競賽個人與團體雙金牌，保送臺灣師範大學工業教育學系。

因有感於在臺灣的「黑手」發展環境有限，於是前往上海擔任汽車鈑金培訓師，並於 2014 年與兩位鈑金專業夥伴在北京成立公司，培訓專業汽修人才，矢志培養更多世界奧林匹克級好手。馬祥原團隊的服務客戶包括保時捷、林肯、克萊斯勒、馬莎拉蒂等世界知名車系品牌。

與眾不同學習密碼

1. 不愛念書，不代表人生全輸

讀自己有興趣的東西，不用人家逼，自己就會想學了。找到熱愛、努力專注，你也會找到自己的一片天。

2. 找到可以仰望的高手，持續精進

學習不能單靠意志力，對人、對事若有一種崇拜跟喜愛，意志力才有辦法持續。

3. 對人對事都要有堅持

用堅持的態度做事，不能保證一定能成功，但成功的機會一定比別人大，因為你是用心的。

國際服裝設計師

詹朴

真心喜歡的事，就要好好保護它

文／賓靜蓀

國際知名品牌 APUJAN 設計總監詹朴，給人的感覺很文青。他說話音量不大、拍照時靦腆緊張，沒有獨立服裝設計師的傲氣，反而更像個樸實的大學生。

《親子天下》和他約在輔仁大學織品服裝學系採訪、拍照。只見他熟門熟路走在地下一樓的織品教室，「大三、大四除了上課、睡覺，都窩在這裡工作，」詹朴從這間地下室出發，走向世界。

他獲得「史上最難申請進入的藝術學院」——英國皇家藝術學院女裝設計碩士學位，又連續七次獲邀參加英國倫敦時裝週秀展，二〇一五年更在大陸蘇州，開了第一家 APUJAN 專櫃店。

這一條從設計到創業的路並非用力規劃，而是他抓住自己的熱情，不怕嘗試，「順其自然慢慢形成的」。不過詹朴卻形容自己是個「很普通的臺灣小孩」，喜歡上學、喜歡畫畫、閱讀、看漫畫、逛博物館。

各種看似不相關的興趣，融合爆發在詹朴對服裝的設計創意和主張上。

但服裝設計畢竟不是純藝術，喜歡創作的詹朴必須快速學習建立品牌的一切，包括他最不擅長的行銷，並練習隨時和意外與挫折共處。

在「永遠停不下來」的時裝產業裡，詹朴每天會收看NBA（美國職業籃球賽），「平常熬夜趕工會開著球賽放旁邊，聽轉播、每天追比數，追球員異動，」看到記者訝異的表情，他笑著加上一句，「這是我最大的興趣。」也許是這項從高中時代養成的習慣，安頓了他在異鄉的身心。

詹朴喜歡和人共事，《天下雜誌》記者馬岳琳形容詹朴「像個小太陽，溫暖而沉靜，吸引大家參與他的夢想」。在輔大教他針織四年、並擔任他畢業展指導教授的尤政平也觀察，詹朴謙和客氣，前後屆學長姊、學弟妹都願意幫忙。

他的父親、PChome Online網路家庭出版集團董事長詹宏志不只一次在演講中提到，他在兒子成長過程中，的確「忍住不用任何家長的權威或成見，去叨唸兒子」。詹朴拿成績單給他簽名，他從不看分數；他知道詹朴喜歡畫畫，但從沒送他上過才藝班；詹朴高二時告知想去念設計科系時，他還「嚇了一跳，那要考術科怎麼辦？」

詹朴對臺灣的教育並不一味批評，但鼓勵臺灣孩子對自己多一點信心。「被考試制約、成績不好，多少會造成壓力，但真的遇到自己喜歡的，一定要好好保護它，為它爭取，就沒有什麼可以阻止你。」這，正是他對自己最好的詮釋。以下，是記者對詹朴的採訪：

問：進入時裝設計業不到五年，已連續七次獲邀參加英國倫敦時裝設計秀，談談家庭如何成就了現在的你？

答：家庭不干涉就是最大的幫助。還有，我的家庭提供很多書的環境、很支持藝術的吸收與興趣的氛圍、給我真正獨立的發展，家人一直都不太知道我在幹什麼。

問：你小時候是什麼樣子？

答：我是很普通的臺灣小孩，喜歡畫畫，小時候都在亂畫，有紙就畫了。我也喜歡閱讀、看漫畫、逛博物館。

我在臺灣求學時很喜歡上學，因為我跟同學感情好，覺得上學很開心，跟同學學到的比學校教得更多。高中時期和同學一起看籃球賽事，後來成為我人生中最大的興趣。現在，我平時最關注的是籃球賽事，我關注NBA比賽異動還要多，連熬夜趕工也開著球賽放旁邊，聽轉播、每天追比數，追球員異動。

我一直都覺得上學是有趣的，雖然不喜歡考試，但接觸很多不同科目。我不管它原來進度，依自己的興趣去鑽研，自然而然找到自己的興趣。我很幸運比較早發現自己的興趣。

問：你是如何走入服裝設計界？

答：我之所以成為現在大家認識的詹朴，並非一夕之間的改變，或是受到什麼衝擊，沒有哪個人或哪件事影響我走上這條路。我只是有興趣，在興趣路上遇上某條路，想試試，就往某個方向去，滿順其自然的。

我從小沒有設計過什麼、沒有受過畫畫訓練，也沒立過志願要當服裝設計師。我只是對創作、藝術、設計、閱讀相關領域都很有興趣。高二參觀輔大織品系後感到有興趣，織品系要從原料開始設計，有很大的創作空間；認識材料、服裝歷史、織品特性等，大量吸取相關知識才能創造新的東西。

因為清楚自己的興趣，在創作時，就會把過去的興趣和喜歡的東西放進來。選擇哪種科系、哪個領域，只是換一種說故事的方式。我真正想做的是，說出那個氛圍。

我從小就喜歡時間的流逝感，時裝是個「永遠停不下來、一去不復返」的產業。我會嘗試拉遠距離來看十年、百年後服裝週期與循環的脈絡，也會看到永遠變動中的不變。

問：英國經驗帶給你什麼影響？

答：我是安靜的人，但在英國，同學積極、有企圖心，也更勇於表現自己。這是文化的不同，我沒有很積極的要改變、跟進，反而因為語言關係，我比在臺灣更安靜。後來我發覺，照自己的步驟也許要花較長的時間，但老師與同學會看到，你透過作品想要表達的想法。轉換環境當然要學習適應，但不表示要改變自己本來的個性。

英國皇家藝術學院給我品牌設計師全方位的訓練，也給予尊重，不會要求學生改變，學校與老師會尊重你有自己的節奏，我很喜歡這樣的教學方式。英國的老師對學生更有信心。每個學生都有可能升到一個掌管整個系列的地位，讓你學習當某個設計領域的領導者。老師用宏觀的視野，教我們成為創作上的領導者要有全面思考，需要管理一百套服裝時，不能用十套邏輯去做。

問：你覺得臺灣、英國教育的差異？對臺灣有些什麼建議？

答：英國的老師是把你當設計師在教，課相對少，也不教技術，課堂上傳授的是設計概念，如何想像得更完整，英國不是不看技術，而是更重視溝通和發想。

輔大織品系奠定我在服裝知識、實作技巧的基礎。臺灣的實作技術強，但設備沒有那麼完整。再者，臺灣太急著跟產業聯結，期待學生畢業後就能跟上業界的製程，進行實作，但這麼做也可能扼殺學生對產業想像。在實作的過程中，學生總是被告知，你這樣九九％不能成功。

為何老師不能鼓勵學生脫離現有框架去試試？要給學生多點信心。

我也認為，臺灣的父母對小孩要多一點信心。我出國才知道自己其實很棒，每個人一定有擅長的資源是別人羨慕的，一定要對孩子有信心。

我想跟臺灣孩子說，我知道被考試制約、被量化成績定義的日子並不好過。但當你真的對一件事有興趣，沒有什麼可以阻止你。有時候當然也需要機緣，但是當遇到自己想追求的東西，一定要好好保護好它，為它爭取。

每個地方的教育都有死角，我不能斷定哪種比較好，但我們能做的是，在過程中找自己喜歡的。

問：經營 APUJAN 這個品牌，你覺得和你自己單純創作有何不同？

答：服裝設計主題從來不缺，每季的主題、設計都是我自己發想，難的不是在想靈感，而是怎樣轉化成製作程序？要怎樣讓人穿起來好看？一件衣服是由許多細瑣的環節組合而成，布料也可能來自不同國家。

而要透過一場服裝秀傳達品牌，所釋出的氣氛絕非僅止於服裝，包括音樂、視覺都是品牌，有些必須和其他人合作，一場服裝秀需要七十、八十個人一起工作，我必須習慣和跨國的、不斷來去的團隊一起合作。

問：時裝是變化快速、停不下來的產業，你如何在變動中學習？

答：做中學是最快的方式，在過程中就不斷的把不足的部分學起來。就像二〇一五年我們在大陸蘇州成立第一家 APUJAN 品牌概念專門店，一開始，我對陳列、室內設計都沒有概念，但不懂就要不斷學習。我喜歡歷史和科技小說，我們希望這個空間有很複雜的時代感。我和團隊討論設計出一個很有科幻感的潔白空間，像一張空白畫布，只有衣服是彩色的，希望大家一眼看不出是未來還是復古，東方還是西方。

創作者也必須吸收新的創作元素，我會利用空檔看表演、展覽、看書、了解產業技術上的變化。在不同的地方演出、跟不同的人工作，也是學習。英國倫敦是個國際化城市，很多不同文化、不同團隊來來去去，永遠有新的東西，相互的合作會帶來新的養分，當彼此樂於分享技術知識，也是學習。

有時想逃離自己的領域，我就去拜訪其他創作者，互相交流，這是很好的休閒。我有個朋友在創作玻璃，我去拜訪他，了解這個行業的難處，知道原來高級玻璃還是很多手工，原來高腳杯最難做。世界太大，大家都有苦惱，沒有哪個領域比較輕鬆。

問：你怎麼看全球的競爭環境？

答：英國的競爭環境比臺灣更複雜，多元而國際，四面八方，正因是跟世界競爭，把特定設計師視為競爭對手沒有意義，設計師反而會彼此交流，這競爭不會是惡性的，不針對特定對手，而是希望大家一起存活下來。

事實上，不論創作或社會，沒有絕對高低，誰賣得比較好、誰比較受歡迎、誰有影響力，但都不能代表好壞。

——載自：賓靜蓀採訪，《親子天下》第七十九期，二〇一六。

與眾不同人物小檔案

詹朴

人物介紹

臺灣服裝設計師。輔仁大學織品服裝學系、英國皇家藝術學院（RCA）設計碩士畢業，2013 年於英國倫敦成立個人同名品牌「ApuJan」，目前在臺北、蘇州、倫敦等地皆有品牌展售據點。ApuJan 的服裝以針織為主要發展特色，佐以每一季系列主題所繪製和織造的印花及緹花，創作風格獨特且帶有文學想像色彩。

2017 年，詹朴與航空業者合作推出全球航線的機上衣，為旅行者提供舒適的機上衣著新體驗。

1. 拓展學習視野，慢慢朝自己的天賦邁進

沒有人天生就知道自己的興趣在哪裡，平時可透過多方閱讀與學習，探索自己對什麼特別有興趣、看到什麼眼睛會為之一亮。

2. 深化自己的興趣，持續學習

隨時留心與閱讀與自己興趣相關領域的資訊。可以透過看展覽、聽演講、了解產業技術上的變化等，持續深入鑽研。

3. 努力爭取自己所愛

被考試制約、成績不好多少會產生壓力，但遇到自己喜歡的，一定要好好保護它，為它爭取，就沒有什麼可以阻止你。

知名繪本作家

陳致元

創作沒有束縛，就是好玩

文／賓靜蓀

陳致元，一個得了無數國際大獎、甚至被美國《華盛頓郵報》盛讚為「繪本裡的珍寶」的繪本作家，卻沒有念過一天的兒童文學，也沒有出過國學繪本創作，他是如何走上國際舞臺？

走進陳致元的工作室，不論是他或空間，給人的感覺都很「無印良品」。陳致元瘦瘦高高，講話輕柔，喜歡蒐集舊打字機、舊椅子，喜歡聽爵士樂，連運動工具都很文青：畫久、坐累了，他就把自己放上一旁的「倒立機」，讓血液回流腦袋。

工作室裡唯一彩色的區塊，是桌旁一罐罐廣告顏料。每一個顏色都是陳致元特別為最新作品創造、調配出來，例如：他的最新作品就特別運用「沒法再調出一模一樣」的粉嫩、亮色，來表現出學齡前孩子的美好。

曾經獲得世界各種童書大獎的陳致元，談起自己如何成為一名繪本作家？訪談過程中，陳致元最常提到的成長體驗就是「沒有壓力」。儘管從有記憶起就在畫畫，但母親始終如一地呵護他喜歡畫畫的心願。

求學過程中的陳致元，是一個不被老師重視的孩子，「功課普通，從來沒被叫去參加畫畫比賽」；國中時為了考美術班，去學石膏素描和水彩，卻總學不會這些技巧，「老師應該覺得我沒有天分」，陳致元笑著回憶。但也正因為沒有人對他有期待、不要求成績表現，他反而能按照自己的喜好、想法，沒有束縛的去創作。

陳致元擅長從平凡的日常生活中，迸發出強大想像。長期觀察兒童文學的柯倩華表示，陳致元的早期作品散發出一種「素樸的真心，傳遞的訊息是愛，讓全世界都有共鳴」。陳致元則認為，自己喜歡從童年的寶庫中，擷取美好回憶，最後形成了一種「雜貨店美學」。

沒有師承、沒有學歷、只正式工作過十五天，陳致元從踏進社會的那一刻，就開始自學，為日後的繪本創作之路做準備。

喜歡法國的一切，他看遍新浪潮電影、印象派畫作、作家卡繆的文學；為了畫好繪本，他也讀皮亞傑、蒙特梭利的教育理論，「讀得頭昏眼花，但有讀完」；曾想去法國學習卻沒錢去，他把公寓出租給德國、法國、加拿大人，創造一個「小聯合國」，接近世界。

現在，他要為女兒建立一個沒有壓力、自由探索的童年寶庫，也把成長的喜樂帶給大小讀者。以下是記者對陳致元的採訪：

問：你的作品總是展現「素樸的真心」，如何從平凡的生活中，找到創作的靈感？

答：我從小就是喜歡觀察的孩子，或許也是因為不知道要做什麼。我是家中老三，哥哥姊姊大我六、七歲，不會跟我玩，我總陪在媽媽身邊，她常叫我去雜貨店買東西，這樣回想起來，我的美學應該是在雜貨店養成的。

例如，雜貨店的瓶瓶罐罐，醬油膏放在架上被陽光反射，呈現一種質地很棒的琥珀色；紅豆、綠豆、米、香菇……我都很熟悉，我好像雜貨店老闆的兒子一樣，甚至幫忙賣東西。

隔壁的中藥店，充滿中藥特別的味道。我幫媽媽去抓藥，老闆早已打包好卻不催我離開，離開前還送我一片甘草。我小時摸過、吃過甘草，我知道它是什麼形狀、質地，有個根在裡面，咬起來像八角，我還會幫忙老闆切當歸。

還有一個麵包店。早期都是老闆娘管櫃臺，買一個泡芙，老闆娘立刻切開幫你裝奶油進去，我總是拿著泡芙，去後面看老闆做麵包，老闆總會問，要不要當學徒？

那時家附近有一片草原，大家都在那裡抓青蛙、抓蛇……這些就是我小時候的生活環境。我一直覺得童年像寶庫一樣，遇到任何事，只要回憶，就會覺得很棒。童年過得怎樣，你的寶藏就是那樣。若你童年都在補習，長大回想就都是補習；若在田野，回想起來就是田野。小時候沒得選擇，但現在回想起來，覺得我有一個很棒的童年。

問：你何時發現自己的繪畫天分？

答：我從有記憶以來就在畫了，但我不是班上最會畫的，也不是班上被選去參加畫畫比賽的那個，從沒人告訴我，你可以往這方面發展。從小我喜歡自己編故事，國小時我就會寫一些無聊但有趣的故事，配上一點圖片，讓同學開心。

中年級時，媽媽覺得我成績不好，把我轉到屏東師院附小，那卻是挫折的開始，因為裡面太多菁英的小孩，他們對自己的未來有很多期望，國小就知道未來要念臺大，我連國中要念哪都不知道。老師認為我成績不好，不重視我，好處就是我沒有壓力，不在他的期望圈子裡，相對我自由性就很大，不午睡畫畫也可以。

國中時我想念美術班，媽媽就說，那你得去上畫畫課。但我就是不會畫石膏像，老師給我一個方法，告訴我光影怎麼畫，但我就是學不會。記得媽媽那時跟我說，你按照自己的意思畫就好，不用按照老師的方法。我很感謝我母親，她沒有給我學習上的限制，沒有叫我一定要怎樣，也沒說老師一定是對的。這種開放、自由的學習空間對我很重要。

我現在的創作風格，都不是按照一般學院的規則，我想怎麼畫就怎麼畫。畫畫對我來說，就是一件沒有壓力、沒有挫折的事，是表達我想法的唯一媒介。

國三時我決心要走畫畫這條路。我去廣告公司實習，設計一些平面的東西（包括設計黑函）。我還投稿報紙的政治漫畫，一小格登了就有稿費五百元，所以我國三時就一邊上課、一邊畫政治漫畫。

問：你的繪本總是訴說親情，母親對你有怎樣的影響？

答：很多人做繪本是出國留學或是念兒童文學研究所跟著老師學，但我覺得我的繪本老師就是我媽媽。剛開始我做了三本繪本，我會畫，會講故事，但都沒有成功，因為我完全不知道要怎麼做。

我不在意別人的看法，我只在意母親怎麼看。她喜歡看小說，喜歡講故事，但她不知道繪本是什麼。我的願望就是出一本繪本，給我媽媽看，介紹我喜歡的繪本是什麼，但後來媽媽來不及看到就過世了。

我的第一本繪本《想念》（編按：獲得信誼兒童文學獎，二〇一八年由親子天下重新出版），其實就是畫給媽媽看的繪本。

母親過世後，我過得沒有很好，一直在接案子，住在臺北很小的房間裡，一邊是書桌、另一邊是床。臺北冬天很溼冷，外面一下雨，房間牆壁就漏水。我記得，那天接到姊姊電話，說她很想念媽媽，我不知為何就對她說：「媽媽沒有過世，她活在我們心裡。」

不知道為什麼，那時心中就出現《想念》的畫面，一格一格的，沒有文字，我很快就打好草圖、上色，畫的就是跟我母親有關的故事。那時的紙張不好，吸水度不夠，我在紙張上一層水泥漆，直接在上面畫，造成《想念》書中濛濛的質感。當時我的技巧很不純熟，但不知不覺每天畫一張，完成了就拿去參加比賽，沒想到會得獎。得獎了，就帶到媽媽墳前給她看。

做完《想念》後，我自然的就知道怎麼做繪本了。

問：為何你從未出國念書或生活，作品卻很有國際性？

答：年輕時我很想去法國念書，但經濟不允許，我又不想依賴父母，所以只好放棄。但我把公寓弄成一個小聯合國，跑去師大語言中心貼出租啟事，美國、加拿大、德國、法國人都來住過。我用這樣的方式讓自己的英文進步，後來也跟幾個人變成好朋友。這些朋友讓我了解很多世界上有趣的事，讓我的書容易跨越國界。

出版《Guji Guji》後，我有想過會被翻譯成世界各國語言，也有想過會被拍成動畫，因為早期好萊塢製片公司有來找過我。但從來沒想過後來會變成舞臺劇，而且由瑞典劇團用真人演出，不穿可愛的道具，用非常專業的肢體語言和音樂表現。

我總覺得，每個作品被創作出來以後就是個獨立的個體，不是我的。作品能在外國受到喜愛，是很幸運的事。現在每當我受邀到世界各國時，心裡都會對作品說：「謝謝你帶我來到這裡……」。

問：你過去得到大獎的作品，畫風比較成人，但現在則走可愛的幼幼感，你會覺得可惜嗎？

答：我是順著自然的心意，為我心愛的孩子而創作的，希望孩子們會真心喜歡。我並不會留戀過去的風格，或許我不是正統出身，沒有任何束縛，所以想做什麼就做什麼。我不會留戀過去擅長的畫風或主題，過去就過去了。

就像我曾經住過臺北六張犁老房子，牆壁很斑駁，就自然畫出《小魚散步》書中的那種感覺。現在我有兩個孩子，又是雙胞胎，從小幫他們洗澡、換尿布都要兩次，好像我當了三次小孩。陪兩個那麼可愛又活潑的女兒一起成長，一同經歷很多很平凡卻很重要的小事，學站、走路、學講話、吃飯……，但對孩子來說，這就是生活，我想做一本有生活感的書給他們看。

現在的我對於繪本創作的想法是，必須經過不斷的試煉，不斷找到新的風格，我還會不斷地繼續去嘗試。我覺得我像農夫，每天騎腳踏車、曬著太陽來工作，每天很規律坐在書桌前拚命耕作，也不知道是否會收成。

有時我也會處於脆弱、沒有精神的狀態，但孩子們總是提醒我，要更有精神的繼續走下去。

——載自：賓靜蓀採訪，《親子天下》第九〇期，二〇一七。

與眾不同人物小檔案

陳致元

人物介紹

繪本作家，屏東人。屏東民生家商廣告科畢業，從小立志做出一本繪本，卻從未出國學習繪本創作。作品如：《小魚散步》《Guji Guji》《阿迪和朱莉》等，皆獲國際青睞，翻譯成多國語言，《Guji Guji》更被瑞典、西班牙兒童劇團搬上舞臺。獲獎紀錄包括：瑞典小飛俠圖畫書獎、美國《出版人週刊》年度最佳童書、波隆納獎、豐子愷獎等。2017 年，推出最新作品《小豬乖乖》，作為陪伴 6 歲雙胞胎女兒的成長紀錄。

與眾不同學習密碼

1. 每個故事都有魔法

故事中的魔法需要透過「說出來」，就能開啟故事神奇的力量，這就是閱讀的神奇魔法。

2. 每個人都像本小說

如果把人生比喻成小說，一本小說精不精采，就要看你怎麼過自己的人生。

3. 每個生命都是奇蹟

每個人的內心想法、生命經驗都不一樣，不需一味複製別人的人生。只要傾聽自己內心的聲音，你一定會找到自己的出路。

林孟欣

用雙手
疊起夢想

文／林孟欣

林孟欣，一個外表看起來靦腆的女孩，
因為誤打誤撞在網路拍賣網站買了一組十二個有洞的杯子，
因而自學玩起疊杯，甚至在內心立下要成為世界冠軍的心願。
成為世界冠軍要付出多少代價？流多少眼淚？她不知道，
她只知道，為了實現夢想，她願意咬牙不斷再練。

其實在十一歲開始玩疊杯以前，我玩了五年的線上遊戲，我可以一整天不吃不喝的待在家不出門，玩到我媽會把電腦主機的電源線藏起來，但我會拔掉電鍋的電源線插上去再繼續玩。

五年的時間晃眼即逝，有一天，我在儲值遊戲卡時才發現，當我不斷的把時間和金錢砸在一個虛擬的世界裡，但最後除了角色升級時或打死魔王時的成就感以外，我什麼也沒有：我不擅長與人溝通，我也不知道自己的夢想是什麼。所以我把線上遊戲刪了，從虛擬世界走回到現實生活中，抱著好奇心開始探索這個世界。

我不只是玩了疊杯，也玩了魔術方塊、劍玉、滑板、長板、單速車，甚至後來自己一個人繞了地球一圈，雖然在現實世界裡總是遇到比線上遊戲中更難打的大魔王，但我獲得更多的成就感，學到很多課本裡學習不到的東西，認識了世界各地各式各樣的人，甚至改變我的人生，而改變我最多的，就是疊杯。

人生改變，從十二個有洞的杯子開始

一開始我誤打誤撞在網路拍賣網站上買了一組疊杯，但買回來才發現自己根本不知道怎麼玩這十二個有洞的杯子，那時候臺灣還沒有任何人知道疊杯，當然也沒有協會或是補習班在教。當你花了八百塊買了十二個有洞的杯子還不會玩，一定會被媽媽罵腦袋有洞吧！最後，我靠著買疊杯時附的說明書找到了疊杯的官網，才知道原來疊杯是由一個美國的體育老師鮑伯·福克斯（Bob Fox）所創立的，每年甚至會舉辦一年一次的世界疊杯冠軍賽。我看著官網上的教學影片學會疊杯後，意外發現每當我突破自己的紀錄，總能獲得無比的快樂和成就感。

當我疊杯的速度愈來愈快，剛創立的臺灣疊杯協會說，我極有可能是臺灣最快的疊杯選手，只要贏得臺灣冠軍賽，就能代表臺灣到美國參加世界疊杯大賽。因為那時候臺灣沒有什麼人在玩疊杯，我的朋友都說：「妳閉著眼睛也能拿到冠軍啦！」所以我便帶著很大的信心去參加比賽，但最後卻因為第一次比賽太緊張，雙手因不停發抖而頻頻失誤，最後不要說冠軍，連決賽也沒有進，輸給了一個叫 Harry 的小男生。知道結果後，我回家後很難過地抱著枕頭大哭說：「我再也不要疊了！」

從那天之後，我真的放棄了疊杯。

命運真的很愛捉弄人，在放棄疊杯半年後，我無意間在網路上看到，當初打敗我的那個名叫 Harry 的小男生，後來代表臺灣去美國比賽，還拿下世界疊杯大賽第七名。看完那個影片後，我好羨慕他，我也想要像他一樣代表臺灣出國比賽、為國爭光，所以，那一年，十二歲的我下定決心，要重拾疊杯，成為疊杯世界冠軍。

那天開始，我每天都不斷的練習，我可以從中午十二點，練習到晚上六點甚至是晚上十二點，練習到雙手受傷、疼痛不已，中醫師甚至說我可能一輩子吃飯時拿筷子的手都會不停的發抖；練習到被鄰居抗議貼公告在電梯裡說：「不要穿『高跟鞋』在家裡走路」……但為了突破自己的那〇．〇〇一秒，再多的練習都必須堅持下去。二〇一一年，我如願成為臺灣競技疊杯三項總冠軍，我終於能夠穿上上面寫著「TAIWAN」的國手服，代表臺灣出國比賽。

邁向世界疊杯冠軍之路

在出發去美國之後，我才發現有很多國外朋友不知道臺灣在哪裡，甚至會把臺灣跟泰國（Thailand）搞混。雖然臺灣在世界地圖上很小，但我一直都覺得，在我心中，它很大！所以我和 **Kuma Films** 合拍一個在臺灣各地疊杯的影片，希望能讓更多人認識疊杯，甚至讓世界看見臺灣。

這支影片受到很大的迴響，不只是我很崇拜的前太陽馬戲團團員陳星合先生用臉書分享了這個影片，他說：「每個人都是光，請好好的為自己發光。」甚至連疊杯的創辦人也特別在二〇一三年世界賽的時候，跑來找我合照，並把這部影片放給來自全世界的疊杯選手看。我很開心，我真的成功地讓世界看見臺灣！

二〇一三年的疊杯世界賽，我很順利地進到了決賽，這是我第一次離自己的夢想那麼近，我卻在比賽前的會場上一直哭，甚至因為太緊張沒辦法正常呼吸。這時當眼淚都還沒乾的我，卻看到同樣也進入決賽的疊杯選手瑞秋（Rachael）在會場內到處亂晃、找別人聊天，我便跟她說：「瑞秋，我好緊張。」（Rachael, I'm so nervous!）她聽完後卻一臉疑惑又輕鬆地說：「為什麼？不用緊張，只要玩的開心！」（Why? Don't be nervous! Just have fun!）

這句話一瞬間就打醒了我，我想起當初自己決定玩疊杯，不就是因為它所帶給我的快樂和成就感嗎？但我卻一直被名次和成績壓得自己喘不過氣。當下我便決定要抱著平常心站上決賽的舞臺，最後疊出了一．九一五秒的成績，讓我成為世界競技疊杯十五到十六歲女子組3—3—3冠軍。當我聽到大會唸出：「讓我們歡迎來自臺灣的孟欣」，當我在頒獎臺上揮舞著臺灣國旗時，我真的很高興！我能再一次的讓世界看見了臺灣。只是沒想到，這一．九一五秒也徹底改變了我的人生。

玩這個有什麼意義？以後又不能當飯吃！

我很開心自己完成了夢想，但這一切都是因為我有很多家人、老師、朋友和教練一直支持著我。其中，每一次當我比賽回來，不管得到獎牌與否，我的奶奶總是會在機場接機，給我一個深深的擁抱說：「平安回來就好，身體健康最重要。」雖然奶奶現在正躺在病床上飽受血癌困擾，但她依然抱持樂觀的鼓勵我：「遇到困難，打起精神，繼續前進！」

當時因為有很多媒體報導了我得獎的消息，讓更多人注意到了疊杯，同時開始正視疊杯這項競技運動。但凡事都是一體兩面的，開始有人對我有所批評，有人說：「疊十二個有洞的杯子有意義嗎？」「以後又不能當飯吃」，但就像很多人會拿一根棍子，打一顆球，或把一顆球，投到一個有洞的籃子裡，而我所疊的，是十二個有洞的杯子，我覺得不管如何，我們都只是在嘗試我們所熱愛的事物，從中獲得快樂和成就感罷了。

四面八方而來的尖酸批評，讓完成了夢想的我頓時感受到無比的孤獨，那時的我真的很想不開，甚至去看了心理醫生，但一切都沒有幫助，我覺得在這樣的環境下疊杯一點也不開心。

就在這個時候，曾經分享我影片的陳星合剛好來到我的學校演講，在這兩個小時的演講中，我感動的流下了很多眼淚，但我還是不知道該怎麼面對那些批評。

演講結束後，陳星合送了我一顆球，上面寫著：「為自己感到驕傲」（Be proud of who you are.），他在演講中分享了令我印象深刻的一句話：「不要因為任何人，而放棄你所熱愛的事物。」因為這句話，也因為星合，讓我開始像他一樣，重新站上舞臺，開始用自己的故事，讓更多人有勇氣完成他們的夢想。

我的環遊世界一百一十天

去年當我高中畢業後，我開始踏上一個人繞地球一圈、一共一百一十天的旅程，希望把疊杯向上的力量，分享到世界每一個角落。出發前，很多人都對我說我沒有辦法活著回來，後來我在德國被偷被搶，在義大利趕不上火車，在巴黎遇到恐怖攻擊，在冰島下半身掉進冰隙裡，在西班牙被房東放鳥，在紐約跟房東借的腳踏車輪子被偷，在智利遇到機場罷工、往復活節島的飛機取消……，過程中，我媽媽一直不斷對我說：「如果妳想要的話，隨時可以提早回來！」

在我們小時候，大人總是告訴我們，你要好好的，一切都會好好的，但這也讓我們變得沒辦法面對挫折，雖然旅程中我有一半的時間都在哭，但是我知道過去無法改變，而未來卻有無限可能，所以我總是繼續帶著笑容面對問題。很幸運的，一路上總是有很多人幫助我，最後我總是繼續往前，大步邁向終點。

我相信不管你是十歲，還是到了像我一樣二十歲，甚至是三十歲、四十歲……甚至是九十歲，只要能一直抱著好奇心去探索這個世界，就會發現在我們身邊有很多美好的事物。

帶著勇氣直接去嘗試你感興趣的事物，最後帶著堅持去完成你的目標與夢想，我們永遠不知道未來會怎麼樣，但每個人都可以因為自己所熱愛的事物，而無可限量。讓我們，一起加油吧！

——林孟欣撰文，二〇一七。

與眾不同人物小檔案

林孟欣

人物介紹

1996 年出生，16 歲時完成夢想，為臺灣在世錦賽拿下第一面疊杯世界金牌。18 歲時站上 TEDxTaipei 舞臺，分享用雙手疊起夢想的故事。

小時候，她的夢想是當攝影師，因為她深信「影像是傳播速度最快又最能夠感動人心的媒介」。19 歲踏上一個人繞地球一圈的旅程，拍攝在世界各個地方疊杯的紀錄片，想把疊杯向上的力量，分享到世界每一個角落。

1. 嘗試踏出第一步，成功的機率就會大於零

疊杯讓我更有勇氣去嘗試每一項我所感興趣的事物。很多人問我到底是哪裡來的勇氣，因為我知道，一件事情你不去做，成功的機率是零，但只要去試試看、踏出第一步，成功的機率就會大於零。

2. 最可怕的不是夢想難以達成，而是沒有夢想

小時候，我們總能天馬行空、無拘無束地說出各種夢想，不管是想要當一個快樂的牛仔，還是成為一隻美人魚，但漸漸長大後，我們想得、說得愈多，卻做得愈少，最後連想的勇氣都沒有了，這是最可怕的事！

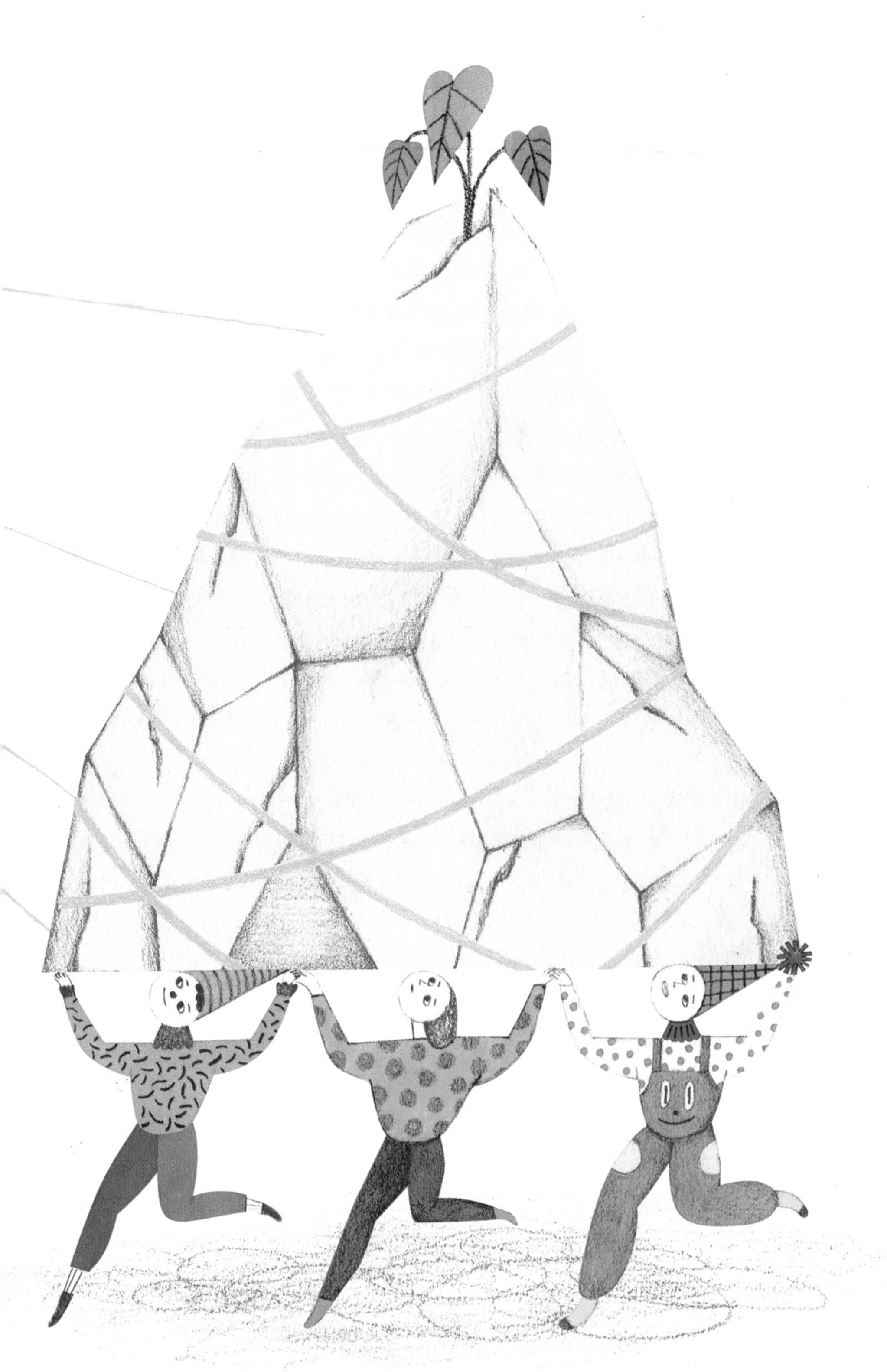

成功方程式III

利他奉獻型

看到問題，捲起袖子，
找尋夥伴一同幫助需要幫助的人！

誠致教育基金會執行長

呂冠緯

在白天做夢的人

文／呂冠緯

臺大醫學院畢業，也考上醫師執照的呂冠緯，出了社會後卻沒有披上白袍。

花七年念完醫學系，為何不作多數人都尊敬和羨慕的醫生工作？

呂冠緯說：「對醫學我有九十分的熱忱，對於教學有更接近一百分的熱忱。」

有人說我是四分之一個醫療人、四分之一個教育人、四分之一個傳道人、四分之一個音樂人。但直到今天，我最常問自己的仍是：我是誰？

我曾用那些自以為是的豐功偉績定義我自己。我會演奏鋼琴、小提琴、吉他、爵士鼓；從師大附中全校第一名畢業；我考上臺大醫學系，並且是臺大醫院皮膚科最佳實習醫師；我大二時就創立夢想學園，二十二歲時擔任得勝者文教執行班主任，二十六歲時擔任誠致教育基金會的執行長；甚至我所創作的音樂 MV「於是」與「仲丘好走」，分別有五十多萬與五萬多次的瀏覽量。但，這就是呂冠緯嗎？

不斷的自問：我是誰

當兵那一年，因著海軍醫官的身分，我必須常常面對海上漂泊的孤獨。當遠離掌聲與噓聲、讚美與批評，沒有Google、Facebook，只有我與上帝，我驚訝地發現，「我是誰」這個問題，其實是源自於我對自己有多少的認識與探索。

漸漸地，我開始明白我是獨一無二的，每條人生路都應該不一樣。於是，我這樣對自己說：「傾聽別人的聲音是重要的，避免我孤行己意，但若只聽別人的聲音，從來不傾聽自己內心深處的聲音，那麼所有的決定雖然看似安全，卻是最不安全的，因為我永遠學不會對自己負責。」

知名的美國脫口秀女王歐普拉（Oprah Gail Winfrey）曾在哈佛大學二〇一三年畢業典禮演講時引用神學家瑟曼（Howard Thurman）的名言：「不要問這個世界需要什麼。問你自己，有什麼事會讓你充滿活力，然後就去做吧！因為這世界需要的，就是充滿活力的人！」自我探索、追求夢想並非自私的表現；相反的，真誠地面對內心的聲音與熱忱，勇於向家人、朋友分享內心深處的想法，並且扎扎實實在自己的興趣上發展能力，才是對自己負責。如此，我便能成為世界所需要的人。

其實我不討厭當醫師，但我更喜歡去啟發孩子，看見他們豁然開朗的笑容，會給我極大的滿足。如今，我跨出我的舒適圈，找到的不僅是一個職業，而是一生的志業。或許過程中會跌倒，也或許會失敗，但每天早晨睜開眼睛，我感覺我的生命充滿動力，有什麼比這更幸福的呢？

在夜晚的豆漿店巧遇可汗

大五、大六時，我常常一天工作十六個小時。早上七點去臺大醫院參加晨會，接著是一整天的見習。由於見習醫師只有少數時間會在第一線照顧病人，因此我利用在醫院的時間，盡量把該讀的書讀完。五、六點下班以後，我常常連應付消化系統的時間都沒有，便匆匆趕往離醫院不遠、在臺北車站附近的得勝者文教上班，而在與許多學弟妹一對一會談後，往往都已經是晚上十一點了。

二〇一〇年，一個秋高氣爽的夜晚，一如往常地，我騎著機車要從光復橋回到板橋的家。或許是意識到自己處於略微低血糖狀態，腸胃道也發出了些許抗議聲，嚷著它們需要被安撫，我決定停在華江高中附近的豆漿店，舒緩我那轆轆飢腸。

蒸餃與熱豆漿下肚後，我整個人瞬間活了過來，突然開始有精力看看周遭的事物。順手拿起桌上的報紙瀏覽，翻著翻著，一個標題抓住了我——比爾・蓋茲最喜歡的家教老師。

「比爾・蓋茲？比爾・蓋茲怎麼會需要找家教老師呢？他自己就這麼厲

害，還需要誰幫他教小孩？」我疑惑的咕噥著。

連比爾．蓋茲都在意的事

原來，比爾．蓋茲某一天看到他的女兒珍妮佛正在透過一個叫做「可汗學院」的網站學習數學；蓋茲仔細一瞧，發現這不是他前幾天才教過，而珍妮佛卻一直搞不懂的觀念嗎？

蓋茲重新問了珍妮佛幾個問題，赫然發現他女兒竟然全部都懂了。蓋茲既開心又生氣，開心的是女兒懂了，生氣的則是，有人竟然能透過「網站」這麼不直接的方式把他女兒教懂。不過，當蓋茲仔細研究可汗學院，才發現可汗這個人很有意思。

薩爾曼．可汗（Salman Khan）是一位高材生，麻省理工學院數學系、電機與資工學系三主修畢業，之後又拿了電機、資工碩士與哈佛商學院MBA。他原本在波士頓的一家避險基金公司當分析師，後來為了幫助在紐奧良（New Orleans）的表妹補救數學，便透過錄製小影片上傳YouTube，提供與他相距甚遠的表妹學習。可汗萬萬沒有想到，後來有許多素昧平生的人在網路上留言給他，說這些影片幫助了他們的學習。

於是可汗決定做進一步的嘗試，把他會的盡可能都錄製出來。由於可汗博學多聞，除了最擅長的數學科，他從小學的1＋1＝2錄到大學的偏微分方程、摺積定律，還有高中程度的物理、化學、生物，甚至是經濟學、財經學、世界史都難不倒他。

當時，他已經錄製了將近兩千五百支教學短片。再加上可汗擁有資工的背景、善於寫程式，就自己架設了可汗學院（Khan Academy）這個免費的自學網站，提供互動式的習題，讓學生看完影片還可以做練習。而那一年他決定離開原本高薪的工作，全力投入可汗學院這個非營利組織。

後來，比爾．蓋茲決定透過自己的基金會大力支持可汗，因為他看見可汗學院的重要價值，深信這是個能帶來「自主學習」（Learn almost anything at anytime, anywhere, at your own pace.）的教育革命。

在「醫師」與「教師」之間

讀完報導後，我不顧桌上還有幾粒蒸餃在等我，走出去跳上機車，衝回家研究這個網站。當晚我看了好幾支影片，做了不少習題，興奮到完全忘記隔天六點還要起床準備去醫院上班。

為什麼會興奮呢？在我輔導上百個學弟妹後，發現不論在學校或補習班，老師經常下課後便離開教室、回到辦公室，許多學生對於某一個小觀念有疑問，卻常常找不到人可以解答，而自己看課本、參考書也看不懂，最後便只好放棄，洞開始愈破愈大。然而，可汗學院的免費網路教學短片，讓所有人可以隨時隨地找可汗出來講解某一個觀念，即使在考前需要複習時也可以這麼做。我確實認為這種短片能夠解決學生的兩大問題：有疑問無法即時獲得解答，以及學生根本不可能一整堂課五十分鐘從頭專心聽到尾。

於是我開始抱持實驗精神錄製了高中英文、數學、物理、化學、生物、地科，一邊錄製一邊上傳到我的 YouTube。雖然因著醫學生的課業、補習班的工作與教會的參與，讓我能花在錄製上的時間並不多，但是半年後我開始收到一些有趣的回饋：

「挺實用的，希望你可以多上傳。」

「很有幫助，Please do more! Very helpful!」

「超ㄅㄧㄤˋ，希望高一到高三的數學影片都有。拜託！」

我與這些來信者互不相識，漸漸地感覺到一個需要，也隱隱地自覺或許我有一點點能力與熱忱回應這個需要。因此，即便到了大七實習醫師的忙碌時期，我仍盡量找空檔錄製影片。

當我收到使用影片者愈多正面的回應，就愈常陷入沉思。我對臨床醫學確實有興趣，不過好像隱約地看見另外一條路，雖然不清楚、不明朗，但或許值得一試。每當遇到這種困難的抉擇時，我總會向上帝禱告：「如果祢要帶領我往哪裡去，求祢讓我清楚地明白祢的旨意。」

無牆的教室，無懼的學習

退伍後，在方新舟董事長的盛情邀約下，我以專案教師的身分加入誠致教育基金會。誠致教育基金會以可汗學院為基礎模板，推出「均一教育平台」，期盼提供均等的學習機會、一流的教育素材，進而達到「學生能用它自主學習，老師能用它因材施教」。

然而，即使我在隔年升任誠致教育基金會執行長後，還是有人不斷地在問我：「你好好的醫生不當，到底在做什麼呢？」離開醫院投入教育，是頭殼壞掉？或者過於理想主義？我想，醫療與教育的價值是無法直接比較的，兩者同等重要。醫療面對的是一個個人的生命，教育面對的則是一整個社會的生命，而我選擇對我而言更有熱情與使命的那一個。

當我看到臺東孩子與臺北孩子透過均一教育平台而擁有相同的學習素材，學習速度不同的孩子因著有「不會消失的黑版」而沒有一個人會被犧牲掉，當教室的圍牆消失、學習的恐懼卸下，這不就是我們長久以來期待看見的教育夢嗎？

在白天做夢的人

許多老朋友都喜歡說我天馬行空，老愛想一些有的沒有的，但除了想，我更喜歡試、喜歡做！

我的摯友書平了解我頗深，雖然常常給我吐槽，但也透過書信多方鼓勵我。他曾引用因阿拉伯起義而出名的英國軍官湯瑪斯．愛德華．勞倫斯上校在《智慧七柱》裡面的一段話送給我。這段話是這樣說的：

所有人都做夢，但是卻不盡相同。
那些晚上做夢的人白天醒來，會發現這些夢是虛無的。
但是那些白天做夢的人卻是非常危險的，
因為他們會行動起來，讓自己的夢變成現實。

你是否也願意成為一位在白天做夢的人，或者成全其他人也成為一位白天追夢者？

「上帝，我要成為一個逐夢者，也要成為一位成全者。」每一天，我這樣的禱告著。

——摘錄自：呂冠緯著，《在白天做夢的人》，商周出版。

與眾不同人物小檔案

呂冠緯

人物介紹

二〇〇九年，正在臺大醫學系就讀的呂冠緯在報紙上看見可汗學院的報導後，心血來潮之下試錄了幾支理科教學短片，沒想到在網路上竟大獲好評，生物科單支影片的瀏覽人次一年內還破萬。在臺大醫學院畢業，考取醫師執照後，他選擇加入誠致教育基金會擔任專案教師，在均一教育平台上錄製教學影片，透過網路提供均等的教育機會。他目前擔負起誠致教育基金會執行長一職，經常受邀至各級學校演講，將翻轉教學的理念與經驗，推廣到全臺及世界各地。

與眾不同學習密碼

1. 我是獨一無二的，每條人生路都應該不一樣

要向內看見自己的興趣和熱忱，同時向外看見社會的需要，然後在這兩者間取得平衡，走出一條屬於自己的路。

2. 跨出舒適圈，找到的不僅是一個職業，更是一生的志業

或許會跌倒，也或許會失敗，但每天早晨睜開眼睛，我感覺我的生命充滿動力，有什麼比這更幸福的呢？

3. 未來大人物方程式：$Ace = \frac{1}{100} \times 10^2$

方程式代表的意思是，要追求卓越，必須成為那頂尖的 1%；但在那之後，要願意分享，10 代表盡可能分享，而平方則代表分享後所產生的漣漪與影響力。

為臺灣而教創辦人

劉安婷

生命的終極餅乾

文／劉安婷

劉安婷，從臺灣遠赴美國求學，拿到普林斯頓大學的全額獎學金，畢業後卻放棄紐約的顧問工作，毅然決然的回臺灣投入偏鄉教育，創辦「為臺灣而教」（Teach for Taiwan，簡稱ＴＦＴ）。選擇走一條與眾不同的路，究竟為的是什麼？

今天，我想要跟大家分享三個故事。

第一個故事是這樣的。在美國的柏克萊大學曾經做過這樣的一個實驗。他們先將一大群大學生召集起來，每三個人分成小組，然後在每一個小組裡面隨機選出一個小組長。接著他們把每一個小組都安排在個別的房間，給他們一個題目進行討論。過了一段時間之後，研究員們又回到房間，手上端著一盤要犒賞他們的餅乾，只不過這個盤子上面有四塊餅乾。研究員們想要看看，這最後一塊餅乾的下場會是如何。

你猜，這第四塊餅乾的命運會是如何呢？

結果研究結果發現，幾乎毫無例外的，多出來的一塊餅乾都被隨機選出來的小組長給吃掉了。

當然，對於這樣一個實驗結果我們可以有千百種不同的解釋。如果我們把這個實驗當做是對於世界的一種譬喻的話，那麼從某一個層次來講，我們也有可能是這個世界上被隨機選出來的小組長，若是如此，我們該如何去看待、去定義我們的成功？反過來說，當面對於這個世界上沒有辦法吃到餅乾的小組員們，我們又該抱持何種態度、甚至是責任呢？

我很喜歡分享這一個餅乾的實驗，其實是因為我認為它非常貼切的描述了我二十三年以來的人生。

從小我就覺得我像是一個餅乾怪，一個一個的第一名、一份一份的成就，就像是我的餅乾，我很愛吃餅乾，而且我很會吃餅乾。在大學之前，我覺得我已經找到了我人生的目的：我不只要考上全臺灣第一名的大學，我還要進入世界第一名的大學。

我終於在高中畢業的時候，考上全世界排名第一的大學——普林斯頓大學，而且是當時臺灣唯一一個入學者。當時的我，覺得人生的最終目的就是不斷的去吃下一塊更大的餅乾，然後總有一天，我可以吃到這個世界上最大、最飽滿的餅乾，讓我吃一輩子都不會再飢餓。我把它稱之為「終極餅乾」。

接著，我要講第二個故事。在大一的暑假，我有一個機會能到非洲的迦納做兩個月的小學老師。

我任教的教室非常的落後，地板是泥土，黑板是黑色油漆塗成的，我的學生身上穿的制服都是受捐贈的，所以從不曾合身。上課時間只有一半的孩子在做筆記；不是他們不認真，是只有一半的孩子有筆。

雖然環境非常的惡劣，但當孩子們面對一個從外國來的老師，總是很興奮的。只不過我從進教室的第一刻開始，就有學生和其他老師跟我警告：那個叫做瑪麗的孩子，從來沒有給任何一個老師賞過臉，叫我小心一點。而且老師還跟我說：「如果妳硬要管她，她可能還會揍妳。」

當時的我總覺得，忽略她好像反而便宜了她。所以當時十八歲的我，很堅持的決定每一天進教室都要跟她說：「嗨！瑪麗，你好嗎？」

「嗨！瑪麗」、「嗨！瑪麗」……

就這樣，「嗨！瑪麗」這句話我講了四個星期，她一個反應都沒有，從來不理會我。就這樣我又繼續講了一整個星期，到了第五個星期的時候，她忽然抬起頭說：「我並不好。」但是任憑我怎麼問她，她還是不理我。

「嗨！瑪麗」、「嗨！瑪麗」又講了一陣子，到了第七個星期的時候，她忽然抬起頭說：「我並不好，我媽媽打我。」但是，任憑我怎麼努力，她還是不願意跟我講一句話。

很快的，到非洲迦納教書的兩個月任期一下子就結束了。到了我教學的最後一天，我走到我的教室，和我的孩子們說再見。說完再見我就往校門口走去，那裡有臺巴士等著要載我去機場。走到一半的時候，忽然聽到背後有

「答、答、答」的跑步聲，我嚇了一跳，轉過頭去看，竟然發現是瑪麗！她正朝我跑過來。

我嚇了一跳，以為她要來揍我，沒想到臨走前終究還是被她追上了。

我停下來，那一天天空正下著毛毛雨，地上滿是泥濘，我的腳上當然也都是泥土。當她追上我的時候，一句話也沒有說，只是蹲下來，用手把我腳上的泥土一次又一次地抹掉，然後她站起身，往教室跑去。

那是我最後一次看到瑪麗。當我看著她跑回去的身影，就忍不住哭了。那是我第一次驚訝的意識到：帶給孩子一個改變的契機，竟然會是我日復一日那不起眼的一聲：「嗨！你好嗎？」

我問自己：如果今天我可以為瑪麗留下來的話，那麼她的故事、我的故事，是否都會有所不一樣呢？

第三個故事，我要分享關於海地（the Republic of Haiti）這個國家。在二〇一〇年前，海地經歷了一個非常大的大地震，海地的人口其實不到臺灣的二分之一，但當時的死亡人數比起臺灣九二一地震卻多上二百倍以上。

我到海地的時候其實離大地震已經過了一年，但他們仍然窮到連總統府的建築都沒辦法修復；窮到幾乎沒有一個人可以埋葬自己的親人，所以十幾萬死亡的人口就丟在一個大坑裡一起埋葬；窮到三分之一的全國人口仍然住在帳篷搭建的難民營裡。

看過他們所經歷的一切之後，我覺得自己非常渺小，我覺得「我到底有什麼道理可以教給你們？」所以除了上課時間之外，我大部分的時間很少講話，我只不過去一個又一個的帳篷裡，聽我的學生們講他們的故事，陪他們一起哭、陪他們一起笑。

回到美國之後，我的海地學生們會想辦法用網路和我保持連絡。其中有一個學生（他其實年紀沒有比我小幾歲），他用法文跟我說：「老師，我從來沒有停止講過妳的故事」，我說：「同學啊，我沒有什麼故事，你明明知道我很少講話，我哪來的故事跟你講」。他說：「老師，因為就只有你來的時候，沒有滿腔的大道理要講給我們聽。只有你在的時候，用你的聆聽告訴我們：『我們的生命，就算沒有辦法改變了，都仍然有它既有的價值』。」

我分享這三個故事，其實是希望在某一種程度上，描述我這個餅乾怪從追求所謂的「終極餅乾」，到選擇回臺灣創辦ＴＦＴ的一個旅程。

我們的社會告訴我們的孩子：「孩子，餅乾愈多，快樂愈多。」所以我們不斷地、竭盡其能地去吃各樣的餅乾，不論這個餅乾是成績、是成就、是外表，或是任何讓我們可以感到滿足的東西。我們做這樣的事情，好讓我們比別人更快樂。

我就曾經是這個追逐餅乾比賽中，最強、最快樂的佼佼者之一；然而我卻發現當我在狼吞虎嚥之後，與其說我的心充滿了快樂和飽足感，還不如說它已經飽到、脹到看不到眼前的世界，也感受不到身旁的溫度，它只是愈來愈冷、愈來愈空而已。

但當我的心，因為瑪麗、因為海地的孩子們而開始破碎的時候，我反而開始恢復了知覺。我也才看到原來真正的養分，是來自於每一份破碎的生命所帶來的堅韌、希望、和愛。也正因為這些養分，才真正開始去填滿我的心，我才體悟到，原來最令人飽足的餅乾，是最柔軟的自己。生命的破碎原來是為了給予，生命的破碎原來是為了祝福別人、更祝福自己。

而當我們的心能夠破碎的時候，世界就不再是我們之外，而是能夠湧入我們心中。當我們能夠吃到世界那一塊餅乾的時候，可能再也沒有比那一塊餅乾更大、更令人飽足的。那對於我而言，才是所謂真正的終極餅乾。

——修改自：劉安婷二〇一三年九月於 TEDxTaipei 之演講。文字整理：黃麗瑾。

延伸閱讀

《學會堅強，我考上普林斯頓》，晨星出版，二〇〇九。

《出走，是為了回家》，天下文化出版，二〇一四。

與眾不同人物小檔案

劉安婷

人物介紹

臺中女中、美國普林斯頓大學公共與國際事務學院畢。2013 年回臺灣創立 TFT，一步一腳印的讓臺灣教育界從不知道 TFT 是什麼，到現在 TFT 的教師供不應求，甚至影響了體制內教師的培育方式。2016 年《富比士》公布亞洲「30 歲以下青年創業者」名單，選出亞洲具創業精神與領導潛力，有改變世界的能力的三十歲以下年輕人，看好他們未來成為趨勢領袖。臺灣上榜兩人，劉安婷是其中一人。

與眾不同學習密碼

1. 找個值得耕耘的地方，種下你的幸運

你種下的幸運不會白費，它會發芽、會結果，甚至可能長成森林。你不僅不會失去你的幸運，你很有可能會成為一個比原本更幸運的人，而且這份幸運是有根的，別人永遠搶不走。

2. 時常問自己：「我想要拿這份幸運，做什麼事情？」

當有一天，你跟我一樣有機會問自己：「我拿幸運，做了什麼？」我希望你也能夠充滿驕傲、充滿喜樂的說：「即使當世界充滿了不完美，即使外面充滿了醜陋，但是我拿了我的幸運，選擇善良、選擇溫柔、選擇在乎、選擇去愛。」

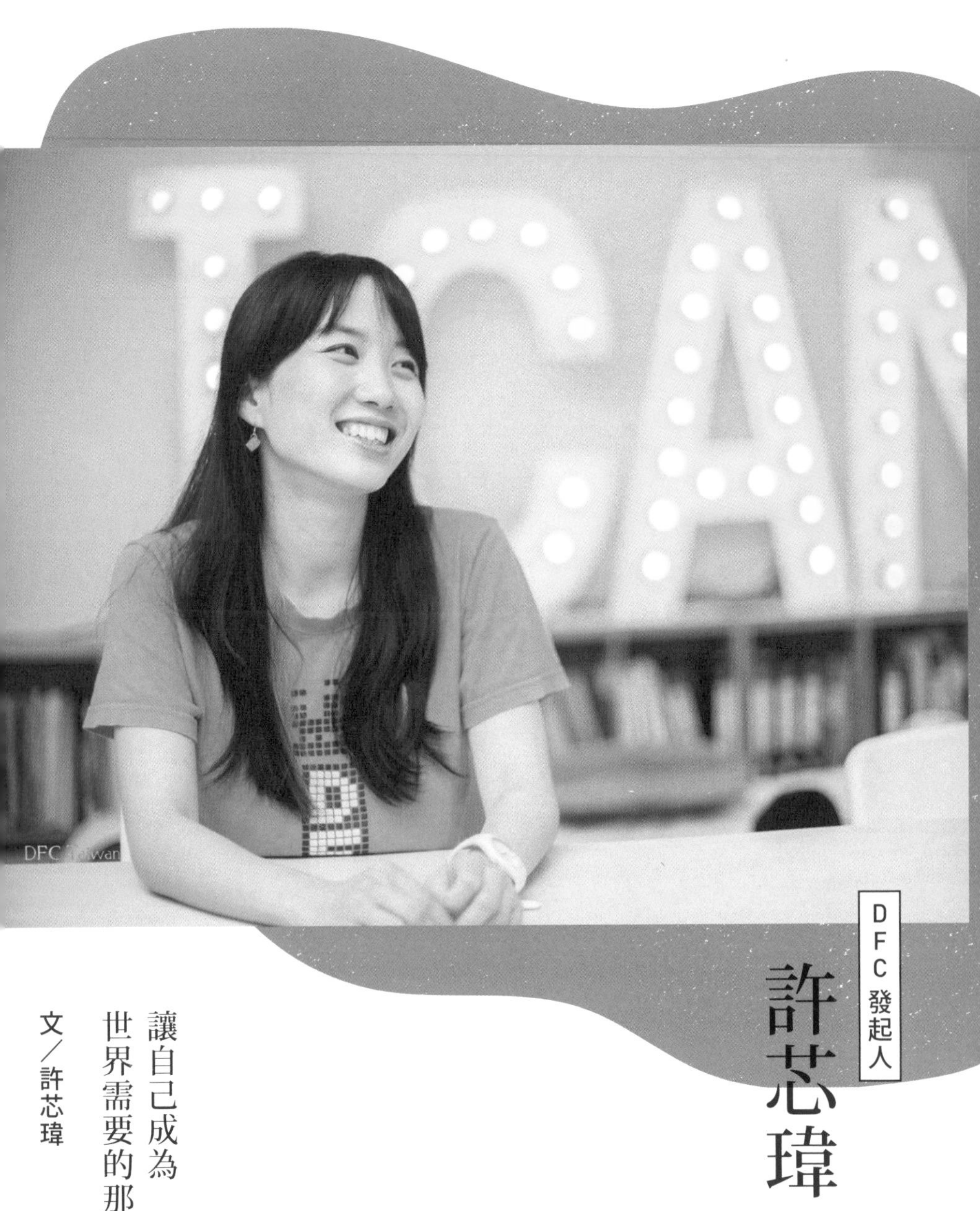

DFC發起人

許芯瑋

讓自己成為世界需要的那種人

文／許芯瑋

面對人生的路口，該怎麼「選擇」？

許芯瑋像一般師大畢業生一樣，思考著：

要不要當老師？要在補習班還是學校裡教書？要不要念研究所？

要不要一畢業就結婚？要不要出國念書？要為家裡工作還是自己創業？

人生就是這樣，每一個分岔路的選擇，都可能造成人生的重大轉折。

充滿正面能量的許芯瑋，不僅勇敢追夢，更持續透過實際行動，

帶領臺灣的孩子看見：我也能改變世界！

小時候的我，因為很崇拜老師站在講臺上的氣勢，於是就暗暗地許下了要當上老師的願望。認真念書但是成績都沒有特別突出的我，常常以「吊車尾」的方式滑壘過升學的門檻，身邊的人常常替我捏一把冷汗。

高中畢業後，我申請上了心中最希望考上的師範大學，一步一步朝夢想中的職業邁進。在師大念書的我成績還是一樣很普通，當然，也一直為了教

師證的考試而掙扎，不過，離夢想愈近，我發現我愈興奮，也發現我的目標很單純：我想要當一位好老師，而且，如果可以回我的母校師大附中教書，那就更完美了！

後來，我順利地考回了母校師大附中擔任代理老師。剛畢業就有了工作，而且又是自己的母校，心中難免驕傲了起來，而且仗著我有來自師大的光環，年輕、漂亮又有活力的老師，學生通常都很喜歡。還記得當時的我，自認什麼都會，也什麼都難不倒我，加上我又受過英語系扎實的專業訓練，帶學生參加英文演講、英文辯論、英文話劇，我手起刀落，一關一關過，我都如魚得水——直到我終於卡關了⋯大魔王就是我班上的學生家長！

有一天，有位爸爸打電話來辦公室質疑我，他說：「妳為什麼要帶我的孩子去比一些有的沒的賽、參加公益活動？成績呢？給我管好他的成績就好了！」而正當我被罵的一愣一愣，成串委屈的眼淚倏地滾落，電話掛掉後，眼淚還來不及擦，辦公室外竟然有另一位家長來找我。我頭皮發麻地走出去，準備又要挨一頓罵的時候，發現那位媽媽竟然是要來送我禮物的！她搭著我的肩膀說：「老師，我的孩子遇到您真的三生有幸，人生就是要多去做些有意義的事情，讓世界變得更好，謝謝您帶著我的孩子去做這麼多的好事，不要管成績了，反正她之後也不會在臺灣升學啊！」

天啊！我才二十二歲，面對家長這些天南地北的要求，當時我只覺得頭要炸開啦！但從現在的角度回頭看，那時正在思索的我，原來走到了一個交叉路口：我可以選擇屈服於任何一種家長的要求，或是變成「什麼都不做，也什麼都不會錯」的老師，一直到我退休。

保持原狀，聽起來是個很棒的方法，但是我覺得這樣好不負責任，因為我自己就曾在教育體制中載浮載沈，就是那種資質普通，所以念書念得很痛苦的孩子，所以我希望自己既然成為老師，就要能盡力照顧到不同狀況的學生，讓我的學生不要再跟我受一樣的苦。

我不想要屈服任何一種家長的要求，如果可以顧及兩種家長的要求：帶著學生「做好事」而且「成績好」，魚與熊掌兩者兼得該有多好。仔細且反覆的思索過後，當時在我心目中的理想教育藍圖其實有很具體的目標，我希望的教育環境，就像是電影《三個傻瓜》（3 Idiots）裡最後的學校一樣，讓孩子能夠發揮自己的「天賦」，做自己有「熱情」的事情，而且還可以用自己的力量讓世界變得更好！

教學旅程的啟航

結果，冥冥之中還真的讓我找到了這所電影中的學校！這所學校位於印度亞美達巴德市，叫做「河濱學校」（Riverside School），這所學校的校長是吉蘭・貝兒・瑟吉（Kiran Bir Sethi）女士。

二〇一〇年年初，我在TED短講平臺上找到了她的演講，除了深受感動之外也充滿熱血，因為她在演講中提到：河濱學校透過設計思考（design thinking）引導孩子，而且她相信「化知道為做到的力量」能夠改變世界。看了他們學校的孩子充滿創意、改變世界的行動，而他們的成績竟然可以遠比印度前十大明星學校還好，這不正是我要找的「魚與熊掌」兼得的理想嗎？

記得當時的我醞釀、思考過後，就提起膽子寫了一封臉書訊息給校長，告訴她我對於她的理念多有共鳴，聽到演講當下有多激動！這對我而言，其實就像是鼓起勇氣寫信給電影中的男主角或是我的偶像劉德華一樣。沒想到，瑟吉校長竟然回覆我了！

她很直接地問我：「既然妳很嚮往這樣的教學模式，那妳想不想在自己的家鄉先用比較初階的方式響應？」她指的，就是我現在正在臺灣推廣的DFC「Design For Change」（簡稱DFC，孩童創意行動挑戰）。

當時我楞了很久。我才剛踏進教師圈，根本是菜鳥一隻，萬一我被家長告怎麼辦？那麼，我到底是要接下校長的盛情邀約，還是不接呢？

於是，我冷靜地分析了一下：首先，我覺得我有語言上的**天賦**，我可以翻譯校長的理念讓臺灣人知道；其次，我也擅長演講推廣，而教育是我非常有**熱情**的事情，讓我不會輕易倦怠；最後，我覺得透過使用ＤＦＣ設計思考的理念可以**利他**，讓我所處的環境也就是附中變得更好，所以我答應了瑟吉校長，在我任教的班上推動ＤＦＣ挑戰。

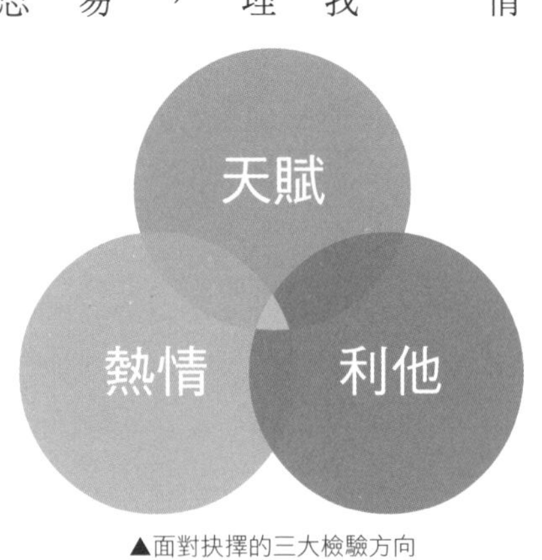

▲面對抉擇的三大檢驗方向

不過，這是我的選擇，如果是你，你會怎麼選呢？跟大家分享我歸納出來的三個面對抉擇的檢驗方法，因為這也是當時我好希望有人能夠跟困惑的我分享的，如果你也同樣感到迷惘，那麼也許你可以參考看看我的經驗。任何的選擇都沒有對或錯，只要是能讓自己往初衷前進，都是好方法！

●第二個重大人生選擇

結果，經過了幾個月的努力，全臺灣第一批DFC示範挑戰的同學們解決了二十六個不同的問題，而從他們的實踐歷程中，再次點燃了我對教學的熱情；從他們的眼神中，我看到了他們別於以往學習時的熱情。

而選擇了一條路後，持續往下走，風景就此不同，我遇到了第二個選擇。因為我的內心開始蠢蠢欲動，這次，我想玩更大的，我想嘗試在全臺灣推廣DFC的理念，邀請更多人一起加入改變世界的行列，於是，我萌起離開教職的念頭。

面對更分歧的交叉路口，你會怎麼選擇？這次，你覺得身旁的人會怎麼跟我說？如果你是我的家長、老師、長官或同事，又會怎麼看我？

是「芯瑋啊，妳瘋了嗎？」「這是得來不易的鐵飯碗耶，妳確定嗎？」還是「芯瑋，加油！」

面對四面八方排山倒海而來的聲音，我又開始迷惘了，但是，當我再次用三個檢驗方向檢視我的選擇，嗯，沒有偏離「天賦」、「熱情」、「利他」的方向，也符合我的初衷，那麼我就決定帶著別人的指指點點和嘲笑，勇敢踏上這條自己選擇的路。

當時的我學到，真正勇敢的，是那些在競技場上奮鬥的人，而不是其他坐在旁邊評論的人。做好了選擇，那就即刻出發，於是我離開了教職，在全臺灣發起了DFC挑戰。

時光飛逝，七年來，每一年，我都跟著伙伴們一起見證許多來自全臺灣同學們的故事，一起為他們運用所學和設計思考，勇敢改變不同的問題而歡欣喝采！看同學們透過充滿創意的行動，把學校的髒廁所變得乾淨、協助移工看懂車站的售票告示、嘗試運用DFC設計思考拉近自己和家人間的距離，到傳承自己部落的編織、歌曲文化等等……。而這些同學也許改變了你也曾感到困擾的問題，他們的年紀可能跟你一樣大！

而在這個實現夢想的過程當中，感謝社會給我的肯定，很榮幸獲得了十大傑出青年。你可能會想，感覺這就是人生勝利組啦，妳不就好棒棒？其實，「天賦」、「熱情」、「利他」絕對不是完美人生的公式，而是讓我能生出一點勇氣，培養出願意不斷嘗試的自信心的那道光，讓我面對一路上的挫折，更有力量去戰鬥！

一帆風順的人生，就不好玩了

畢竟，人生一帆風順，不是就不好玩了？現在，挫折和猶豫每天也還是都環繞著我，從早上要不要這麼早起床去高雄拉贊助；怕坐飛機的我，能不能不要搭小飛機去離島演講；文筆不好的我，寫的東西真的有人看得懂嗎？

不只對外推廣理念是辛苦的、不順遂的，過程更是只能一步一腳印，沒有辦法走捷徑的。更不用說，在實務面的種種考驗下，包含團隊沒有經費、理念不合、辛苦賺來的錢被詐騙，家人不贊同自己的選擇、跟交往多年的男朋友分手等等，這些都得靠自己一次又一次的跌倒後又爬起來。

而有些挫折，最刻骨銘心。

我記得在二〇一三年年底，因為成員彼此理念不合，加上經費沒了，我便打算解散團隊，我哭著跟瑟吉校長在 Skype 上說：「我不想做了，我真的真的好累。」我哭到，校長在電腦的那一頭還以為我定格了，她安慰我：「芯瑋，我在離妳好遠的印度，看到妳哭成這樣，即便再心疼，我都沒有辦法給妳一個擁抱，我只能告訴妳，走在夢想的路上，沒有人說很容易，但是會很值得。」

老實說，我當時覺得她的安慰很虛偽，她已經那麼厲害了，還有一間自己的學校，當然說得雲淡風輕。

當時，我告訴她：「校長，我知道會很值得，可是校長，我真的好疲憊，身邊好多朋友都結婚，還有人生小孩了，還有人能夠一直出國玩，我好羨慕他們！現在我解散團隊，也沒有對不起任何人，不是嗎？」

校長充滿智慧地回應我：「是啊，妳放棄，沒有對不起任何人，妳本來就只要對得起自己就夠了。累了，就休息，但是不要花時間抱怨，這世界上不需要更多的負面能量，更不要等待別人來收妳的爛攤子。回頭看看妳的初衷，這是檢驗對不對得起自己的方法。」

我的初衷！我已經好久沒有回頭想想，當初為了什麼而堅持這條路，不就是不想當一個一直抱怨體制、抱怨學生和家長，卻不願意改變的老師嗎？我不就只

▲許芯瑋期待自己散播「我做得到」超能力，帶領孩子嘗試解決身邊的問題。

希望我的學生能體會到：「讀書，就是為了讓世界變得更好」這件事嗎？

想起了初衷，就只有堅持下去這一條路了。

●你覺得世界需要什麼樣的人？

我想要再次強調，面對人生的選擇時，我歸納出三個檢驗方向：利用你的「天賦」、去做你有「熱情」的事物、讓世界變得更好，這是我覺得能協助對焦我的初衷，設定我的目標的三大心法，歡迎你參考，但這絕不代表人生的唯一版型！

其實遇到挫折、迷惘的時候，我也常會思考我的偶像們說的話：

劉德華說：「豈能盡如人意，但求問心無愧。」

周星馳說：「如果人沒有夢想，那跟鹹魚有什麼不同？」

倒立先生說：「改變自己，就是改變世界。」

他們說得都對，但是這些話，永遠比不上自己給自己的打氣來得重要。因為，只有你知道自己的初衷；只有你才知道，真正對你有意義的是什麼。

最後，我想要留給你一個問題，和一個短短的故事。

我的問題是：「你覺得世界需要什麼樣的人？」

而一個短短的故事，是《走進生命花園》這本繪本。繪本中的主角是一位孩子，他從他的島上看到了世界上的戰爭。他想，應該要有和平才對。他看到了人們的自私和貪婪，他覺得，我們應該學習分享才對。他看到了眼淚和仇恨，他想，大家應該學習擁抱，一起學習說：「我愛你、對不起、謝謝你」。而最後一眼，這個孩子看著這個世界的醜陋，把它解讀成無窮的「機會」，然後……他決定要出生在這個世界上。

「你覺得世界需要什麼樣的人？」

快樂的人？善良的人？有創意的人？那就請你成為那樣的人，因為沒有人知道你的初衷，只有你自己，所以你在等待的人，就是你自己。

就像那個故事中的孩子一樣，今天面臨不同抉擇的你，其實就要出生了，而我知道，你的力量，將會超乎想像。

選擇了一條路，勇敢地踏上去後，考驗才是真正的開始，但是在那之前，我們只能「先相信未來的可能性，才可能開始看見」。

——本文由許芯瑋改寫自：二〇一六年臺灣師範大學畢業典禮致詞，二〇一七。

與眾不同人物小檔案

許芯瑋

人物介紹

國立師範大學英語系畢業，曾任師大附中英語科代理教師。全球孩童創意行動挑戰臺灣發起人，目前為臺灣童心創意行動協會理事長，以身為 DFC 全球夥伴和「第四個傻瓜」為榮！受到 DFC 全球發起人 & 印度河濱學校校長瑟吉女士的 TED 演講啟發後在臺灣推動 DFC，希望它變成臺灣孩子一生必玩過一次的活動！

與眾不同學習密碼

1. 時常問自己：「你覺得世界需要什麼樣的人？」

快樂的人？善良的人？有創意的人？互助的人？……請成為那樣的人吧，因為──你在等待的人，就是你自己。

2. 面對人生選擇時的三大心法

當你開始迷惘於人生選擇時，不妨運用三大心法：「天賦」、「熱情」、「利他」，來檢視你的選擇、對焦你的初衷，勇敢踏上自己選擇的路！

3. 用自己的力量，讓世界變得更好

著名的人類學家瑪格麗特．米德曾說：「永遠不要懷疑只有一小群認真思考、忠於實踐的人是否能改變世界，其實他們正是唯一曾改變世界的人。」真正勇敢的，是那些在競技場上奮鬥的人，而不是其他坐在旁邊評論的人。捲起袖子來，一起讓世界變得更好吧！

美感教育推手

美感細胞協會

一本本放進書包的「美術館」

文／李京諭

你覺得得教科書美嗎？無論是像你我曾經與教科書為伍數十年的成人，或是現在正在和教科書朝夕相處的孩子，多數人遇到這個問題必定覺得莫名：「教科書美不美是個問題嗎？」

交通大學畢業的陳慕天、林宗諺和張柏韋三人，曾經也是不覺得教科書有問題的學生。但三年前他們分別到北歐當交換學生，回到臺灣，舉目所見卻覺得「怪怪的」，於是開始尋找「哪裡出了問題？」

讓美感成為孩子生活的一部分

他們發現，歐美設計的關鍵在於：「他們沒有特殊的課程或教育，而是從小就生活在充滿美感的環境中。」相較之下，放眼望去，臺灣的大街上一塊塊招牌、一張張廣告傳單，一次又一次刺進三個自北歐返臺的大男孩眼裡，他們再也看不下去了！

深感臺灣教育不能只停留在以前的思維，三個完全不懂設計的大男孩就這樣捲起袖子，想開始推動臺灣的美感教育。「我們看到在國外，無論是科技還是醫療公司，他們的產品也很重視設計美感。如果我們還是很不重視美感，我對臺灣未來的教育或孩子會感到很焦慮，」陳慕天說。

三人因此成立「美感細胞—教科書再造計劃」，並發起募資計劃，透過具有美感的資訊圖表和清楚的文字論述，兩個月內就成功募得一三〇%的資金、二十六萬臺幣。

為什麼是「教科書」？張柏韋說，「剛開始我們打過招牌的主意，因為最刺眼的就是招牌，但我們研究過招牌的變更方式，非常的複雜、也不太可能推展開來，所以改找別的地方著手。」陳慕天強調：「教科書是最公平的一個媒介，美術館會有都市、鄉下的差距，但教科書就真的是人手一本。」

當孩子們不分社經地位、不論城鄉差距，每天都要跟教科書面對面八小時，想讓美感成為孩子日常生活的一部分，並且減緩城鄉差距產生的教育不平等，翻轉的起點就是用一本課本，打造一座美術館。

他們攤開數據，臺灣每位孩子平均一年去美術館不到一次，張柏韋補充：「再加上美術課都會被借去上數學課，平日裡能接觸到美感的機會真的不多。」

「誰沒有畫過課本？為什麼要畫課本？」張柏韋的兩個反問，直指臺灣美感教育的癥結就在於：很美的東西，我們沒有時間看；但我們花很長時間在上課、在接觸感覺無聊的東西，「我們要做的事情很簡單，就是把『美術館』和『課本』兩件事合在一起。」

第一步的改變，就是讓教科書變漂亮。這個改變看似簡單，卻讓原先主修機械、電機和人文社會科學的設計門外漢吃足苦頭，陳慕天形容：「幾乎每做一件事情，就遇到下個麻煩。」

把批評當成改進的原動力

像是一開始設計的課本字體選用黑體，但實際拿到教室裡請現職老師給予回饋，老師們建議維持原本的標楷體，「因為老師們要教孩子寫字，教材得符合教育部的字體規範，後來我們的第二版之後就改回用標楷體。」張柏韋舉例，「糹」的下面要寫三點，但是很多字體是寫成「小」，那這樣的字體就不適用於課本上。張柏韋說，「我們也有和文字設計師討論過，開發一套適合孩子學習的字體，但由於重新開發字體要很多錢，我們很希望教育部可以出這筆錢。」

除了要面對經費的限制、教育部的限制外，他們也得面對外界的質疑和不看好。

「有一些在業界的前輩，會認為我們的教科書有問題，或是覺得我們計畫立意良善，但可能會有反效果，」但美感細胞團隊沒有因此被擊倒，「我們就是秉持服務業的精神，趕快去請教對方建議怎麼做？」他們反而撿拾批評中收到的資源，進一步去尋找與研究教科書設計的資料。陳慕天很樂天地說：「凡是遇到不會的，我們就是先做再說，做了之後分享出來，當懂設計或懂教育的人出來罵，罵完我們就學會了。」

儘管三人現在能侃侃而談教科書設計的細節，從字形、行距、插畫的選擇，甚至還跨足孩子心智發展的研究，但這一切都是從零開始、在黑暗中摸索而來，一步一腳印，頗有創業家精神。每個人都是「總兼」，不分你我職責，瞄準代辦清單上的一個個問題，一一突破。

●設計是一段不停測試、反饋、改進的循環歷程

第一間與「美感細胞─教科書再造計劃」合作實際試用新課本的學校，

是新竹市的大湖國小。美感細胞團隊把新設計的課本發送給孩子，同時側拍下孩子們對新課本的反應。

在發書的過程中，最讓林宗諺印象深刻的是，一位同學說起新的課本排版：「讓思想更自由、空間更開放。我真的比較喜歡現在的，以前的那種太死板了。」甚至有小學生有感而發：「這是唯一一本我想要好好保存，不會學期一結束就想要丟掉的課本。」

張柏韋說，因為團隊努力的目標是「讓臺灣的孩子有美感」，而美感難以量化或質化，「但在發書給孩子的過程中，我們看到孩子是有感受的、可以講出設計背後的意義，我們便知道自己做的有價值了。」教科書再造計畫也發起「環島發書計畫」，將新設計的教科書送進六十多間學校、給八十多個班級的學生使用。

宜蘭縣南屏國小老師沈欣文說：「孩子跟我說，以前舊的課本都是字，看起來好有壓力喔！新版讓人看了好舒服。」臺東縣大鳥國小的徐月漪老師也回饋，「如果課本長這樣，我會捨不得寫筆記。」

美感細胞團隊也不諱言，除了好評外，由於最初第一本課本的設計風格非常強烈，發送出去後收到很多的回饋，其中也不乏批評。面對各種批評與建議，他們都一一記錄下來討論，「主要還是要回歸學生跟老師的使用上，」林宗諺說，「每一次的發書經驗，對我們來說都非常重要，我們也從中發現更多設計上的細節。」例如小朋友看不到字、沒辦法寫筆記等問題，也必須一一去改進，「研究之餘，發現我們也該懂一點『兒童心理學』，因為它也被應用在課本設計之中……」。

經過不斷的測試、反饋、改進，第三本課本漸漸找到美感與實用性的平衡。增加教科書美感的過程中，這三個男孩也深刻體會，教科書光是美是不夠的，更重要的是能用、好用。

● 轉動一個齒輪，其他齒輪就會跟著反轉

從理工跨界到設計，再從課本擴展格局到整個臺灣教育，他們的挑戰也跟著升級。陳慕天說，「把教科書變得好看、讓孩子有美感，不難。真正難的是背後的整個制度與社會氛圍。」

「以現行的教科書審查流程為例，無論是最重度的使用者，或是教科書的生產者，都很少在乎美感、設計的優劣，」張柏韋說，當使用者不改變，廠商也不願意拿出合理報酬發包，設計師也沒有得到支持來產出質量均優的內容，整個產業只會落入一連串惡性循環。

從發起美感教科書計畫的第一天起，每一刻都遭遇很多的關卡，但他們並不氣餒。張柏韋有感而發地說，「雖然這些關卡環環相卡，背後有很多結構性的問題，要把整個齒輪反轉，得花很多的力氣，但一旦轉動了一個齒輪，其他的齒輪就會跟著反轉。」

二〇一七年春天，他們三人正式成立了「美感細胞協會」，並且在募資網站上推出第二季計畫，成功打入教科書市場，和臺灣最大的兩間教科書出版社合作，設計科目也從原本的國語單科擴大成五科：國、英、數、社、自，讓臺灣的學生可以更頻繁地接觸到有美感的課本。

關關難過關關過，美感細胞團隊憑藉著毅力，穿越教科書編輯的困難、審核的困境、市場的問題、僵化的法規，以及出版社面對整個體制的無力，「我們願意把開發臺灣美感教科書的研發成本一肩扛，因為我們要的很簡單，就是希望大家可以一起重視美感這件事，」張柏韋更強調，今年尤其關鍵，因為十二年國教新課綱即將上路，為因應接下來的教改，市面上的教科書都得在今年重新編輯、印製，以配合新課綱與內容，「換句話說：這會是千載難逢，教科書面臨『一定要重新設計』的關鍵時間點！」

●把美的種子傳遞下去

講起整個教科書再造計畫的他們，彷彿對設計界、對教育界已有數十年歷練，但回頭講起自己的初衷，仍是二十年少的滿腔熱血。陳慕天說：「如果教科書真的被改變，一想到每年十幾、二十萬的小孩，生活中都會接觸到美感，或許我的孩子、我的孫子也會用到有美感的課本，這就是一件很酷的事情！」

張柏韋在採訪的尾聲這麼說：「我們相信，未來這些孩子都會長大，他們有可能成為臺灣的企業主、政府部門、或是領導人，他們會繼續改變臺灣。」

——本文由李京諭於二〇一七年更新自：〈一本課本，就是一座美術館〉，《親子天下》第七九期，二〇一六。

與眾不同人物小檔案

美感細胞協會

人物介紹

成立於 2013 年，希望美感如細胞一樣，能不斷分裂到生活的每個角落。創辦人陳慕天、林宗諺與張柏韋，從一開始連印刷的 CMYK 都不了解，不斷地去拜訪設計、教育、教科書界的前輩，到最後媒合出版社、臺灣一線設計師與政府，他們期待能透過打造美感教科書，營造一個讓教科書設計更友善的環境，同時促使臺灣能夠變得更美。

與眾不同學習密碼

1. 陳慕天給你的學習密碼

只有那些瘋狂到以為自己可以改變世界的人，才能改變這個世界。加油！

2. 林宗諺給你的學習密碼

如果你覺得缺少了自信，那很正常，因為自信來自於對自己的深入了解，還有對一件事的不斷練習。如果你徬徨，請先照顧好自己，了解自己的感受。

3. 張柏韋給你的學習密碼

生活的進程，總是充滿很多未知的嘗試與第一次，而成事的關鍵不在於你如何先知先覺、準備完全，而是在於你知道如何處理自己的無知。

生命教育行動家

李榮峰

斷掌的雙手，變成拯救動物的手

文／王韻齡

你別看我現在長得這樣凶神惡煞，我不是生出來就長這樣的。在國中之前，我都還滿清秀的，最大的轉折就發生在國中時期。

當時我經常被同學和老師霸凌：同學看我不順眼，不時在校門口堵我，找我要「零用錢」；老師瞧不起功課差的學生，在能力分班的那個時代，我想學習，卻沒有老師肯好好教課，只要求我們替「好班」學生掃完外掃區就行了。

幸好我很耐打，每天不是帶著一身的鞋印回家，就是被老師呼巴掌，但我都瞞著父母。這種日子過久了，我開始反擊，每天打不完的架，於是成為校方眼中的麻煩人物。

就在我一天到晚被罰勞動服務時，校工龍伯伯來到我的世界。

他當時大概有七十多歲了，印象中長得很高大，老穿著一雙功夫鞋，有一種不可侵犯的感覺。我小時候愛看武俠小說，總幻想會有一代高人隱身在學校裡，他就很符合這種形象。

●寫書法、蹲馬步，磨出耐性和定性

一開始他在停車棚叫住我：「既然你體力這麼旺盛，就來這兒澆花吧！」別以為澆花容易，要控制水管的出水量，讓它均勻的灑在葉片上，需要一點耐性；接著他教我寫書法，還有蹲馬步，我曾經以為他是不是學校派來偷偷體罰我的人？

「我從小就被老爸罰蹲馬步，不用練了啦！」我還在掙扎。「你不是想練絕世武功，馬步不蹲好，下盤不穩怎麼成？」龍伯伯氣定神閒的回我。

為了練神功，為了讓自己變得更強，我甘願接受訓練。每節下課十分鐘，我從教室跑到警衛室，氣喘吁吁的磨墨，可能只來得及寫一個字，又得趕回教室上課了。

沒想到因為練書法，我在不知不覺中逃過了許多校內的糾紛，而且還磨出我的耐性和定性，讓十四、五歲煩躁不安的那個小子，定了下來。

龍伯伯的話不多，從不講大道理，我最記得的一句話，就是他對我說：「你要打斷一個人的手腳，很容易，但是再接回去，很難；除非你有把握可以把人家的手腳接回去，不然就不要輕易打傷別人。」

我天生是左右手雙斷掌，民間傳說這樣的手相，一旦出手會打死人。我常想如果在國三那年沒遇到這位高人，現在的我不知是打死人然後跑路，還是比這更慘？

雖然我最終還是沒有學到絕世神功，但說不定龍伯伯在冥冥中早已救了我一命，只是我卻不自知。

畢業以後，我再也沒見過他了，甚至不曉得他的真實姓名，他就這樣消失在我的生命裡，就像他的出現一樣，高來高去，彷彿只是為了一個救贖。

但是在我的心裡，在我的青春歲月記憶裡，始終為他留了一個位置，這讓我深深的體悟到，原來一個平凡的小人物的平凡之舉，可以為他人的生命帶來這麼重大的影響。我現在經常到各級學校進行演講，期待幫助更多在學校缺乏學習動機、對人生沒有方向的年輕人找到目標，或許多少也是受到龍伯伯的影響吧！

●堅守正直的做人信念

九二一地震後，我進入災區救援，意外發現好多狗兒失去了主人，但還忠心耿耿地留守在無人的家園，牠們的下場不是餓死，就是被送進收容所，實在於心不忍啊！我一口氣領養了二十七隻狗，每個月開銷要四、五萬元，這在外人眼中像是瘋子般的行為，當然得不到家人的諒解，但我就這樣一腳踏上了不歸路。

二〇一四年我創立了NOE行動組織，組織的名字是取自"Not Only Environment"的字首，我的想法是現在的臺灣需要改變的不只是環境，而是改變人心。這些年來，我和我的團隊不僅在街頭搶救流浪動物，推動 TNVR（Trap 捕捉—Neuter 結紮—Vaccinate 接種疫苗—Return 放回），經歷無數黑暗邊緣的對戰，最終發現問題都出在人身上。只有人類不購買、不棄養，才能終結這些流浪動物悲慘的命運。所以我們開始走進校園，向大小朋友推廣生命教育、教化人心，因為我們相信，當我們從教育做起，從小扎根，讓孩子開始學習尊重生命，珍視生命的價值，你就自然而然不用刻意去推動動物保育工作。校園中的每一個學生和老師都是種子，可以把這樣正向的價值傳遞下去，我認為是很重要的事。

完全沒料到從小不愛念書的我，居然有一天可以站上講臺，把我的真實經驗和學生們分享。從二〇一二年至今，我已經講了六百多場以上的演講，演講的聽眾從國小、中學到大學、企業界。我發現年齡愈小的孩子愈喜歡聽我講故事，講到半夜如何緊急出動，搶救在角落受虐、被捕獸夾困住、無法脫身的貓狗，我感覺我們的團隊很像一群梁山好漢下山，執行我們心中的正義，雖然我們長得像惡人，但從不殺人放火，而是救動物、救環境。

我長大之後不時回想起龍伯伯所說的「信念」。我從他身上學到的，除了武術的啟蒙，還有更重要的武道精神。他教我做人就像寫書法一樣，要正直，這就是我最堅持的信念。所以我當過武術教練、保鑣，很多人看我的外型，以為我一定混黑道，但我從來沒當過流氓，因為我看重生命，不管是人還是動物，都不應該被踐踏。

我去學校演講時，常有青少年主動說要跟著我當小弟，但我都要他們先念完書再來找我；真的念不下去的，我就帶他們寫書法、做動保志工，儘量找有意義的事去做，就像當年龍伯伯對我那樣。

——本文由李榮峰於二〇一七年修改自：王韻齡採訪，《親子天下》，第七十五期，二〇一六。

與眾不同人物小檔案

李榮峰

人物介紹

臺灣NOE行動組織／EMT急難應變團隊負責人。出生於醫生世家，但從小不愛念書，國中時期經常被霸凌，幸好遇到校工龍伯伯與許多生命中的貴人而沒有走上歧途。因緣際會之下建立起對「生命平權」的信念，不僅考取緊急醫療救護技術員，同時利用正職工作空檔，擔任臺中市豐原消防分隊義務救護員。現在的他致力於動物救援、動保案件的稽查偵辦、推廣「生命平權」的觀念，經常到各級學校進行演講，期待更多年輕人一同擔任生命教育講師，共同救動物、救環境。

與眾不同學習密碼

1. 真正的強者，在搶救生命而不是傷害生命

做人就像寫書法一樣，要正直。要看重生命，不管是人還是動物，都不應該被踐踏。

2. 學習為他人與社會付出

生命的意義在於為那些看不見的後代努力，努力燃燒自己，也為其他生命創造福祉。

3. 立定信念，徹底實現

立定志向後，必須經常保持反省、檢討、修正，並徹底執行。

夢想之家理事長

廖文華

為孩子打造一個夢想之家

文／廖文華

在臺北市最熱鬧的西門町捷運六號出口旁，
有一個地方，叫做「夢想之家」，
牧師廖文華，是這個大家庭裡五千個青少年的「爸爸」。
從最初只是不到二〇坪的八樓破舊公寓，
到現在不僅已經在士林，未來在景美、桃園、宜蘭，都即將成立夢想之家，
甚至在香港、上海也有合作據點，
廖文華，如何打造這個溫暖的家，陪伴孩子們找到人生夢想？

這一切都從媽媽的眼淚開始。

當我就讀法律研究所時，曾參與法律服務，幫助因經濟困難而請不起律師的人，很多故事令人感傷，但最讓人難過的是那些誤入歧途的青少年的父母。那些父母哭訴時的眼淚和無助的臉孔，直到今天閉上眼睛都不時浮現在我的腦海中。我常在心中自問：「法律真的幫得了這些孩子嗎？他們進入矯

正機構真的會變好嗎？」我的答案都是否定的。

但怎麼幫助青少年不要走上錯誤的路？我不是學教育、輔導或社工出身，身為基督徒，我唯一想到的方法就是去讀神學院，成為關心青少年的牧師。就像美國詩人羅伯特．佛洛斯特（Robert Frost）的詩：「森林裡分出兩條小徑，而我，選擇了人煙罕至的那條，這讓我的人生從此不同。」於是我成為一名牧師，希望幫助青少年找到自己人生的路。

青少年偏差，主要是因為「缺乏家的溫暖」和「沒有夢想」。有人說：「每個壞人都曾經是純真的孩子」，這些純真的孩子可能因父母酗酒、家暴、賭博而受傷，可能因家庭破碎、被遺棄而受傷，可能因家境清寒沒有得到幫助而自卑退縮，功課遇到困難沒人幫助而放棄自己，找不到夢想而迷惘漂流。為了幫孩子打造溫暖的家，也幫他們找到夢想，二〇〇六年我在西門町創辦了「夢想之家」。

為孩子打造一個夢想之家

我從不曉得臺北有這樣的角落。這十一年來我看過許多讓人掉淚的「家」：只有五、六坪大，全家席地而睡的國宅；沒有廁所或冰箱，甚至沒有椅子的貧宅；連床上都堆滿拾荒垃圾的家；陰暗走廊的地上，是人和動物的排泄物、酒瓶、針頭和嘔吐物，孩子徹夜憋尿不敢出家門上廁所，更要跨越睡在地上的遊民去上學。

三天沒吃飯的國二男孩、一週靠一百元生存的姐弟、每天只能用一顆饅頭配白開水裹腹而個子矮小的男孩、寒風中還穿著短袖T恤一面瑟縮的孩子，只因他沒有任何一件外套。這些孩子就是我要成立「夢想之家」的理由。

我永遠無法忘記那個家境困難的小學女孩，當拿到我們分送的冬天外套時問：「我可以換外套嗎？」志工正感困惑時，小女孩緊接著說：「因為我想要換成給阿嬤穿的。」每次我一想到就心疼。

在孩子破敗的家可以看到高聳的一〇一、遠方的豪宅，強烈反差讓他們自卑，對未來毫無盼望。也難怪幫派很容易吸收他們，他們會為了一天五百元而蹺課去廟會和陣頭打鼓，從此放棄英文和數學。

在TED演講時我問：十元可以買什麼？連一瓶水都不夠，卻可以在西門町販賣機買到衛生福利部販售、內含乾淨針頭、酒精棉片、生理食鹽水和保險套的紙盒，好防止海洛因吸食者因共用針頭而感染愛滋。但如果我們把信心、盼望和愛注入青少年，他們就永遠不需要將毒品注入靜脈。

英美很早就開始關心大都會弱勢兒少。早點向他們伸出手，他們就不會接觸幫派、毒品和賣淫，人生不會在監獄度過或在暗巷吸毒暴斃，不會一代代在貧窮循環而無法脫離。在倫敦、紐約、洛杉磯都有非常卓越的青少年機構。我相信在臺灣也會有向青少年伸出手的地方，在他們折翼墜落前，讓他們在愛裡重新得力、找到夢想、展翅高飛。我相信這地方叫「夢想之家」。

用愛與接納，幫助孩子自己發光

原本處於弱勢的青少年來到「夢想之家」，一下課就能享用熱騰騰的晚餐，然後有課輔班老師教導學業。在這裡，學習樂器、繪畫、戲劇、舞蹈等才藝不再遙不可及。我們甚至有機器人科學課程，還有技職培訓教他們烘焙、平面設計和寫程式，也有職涯探索計畫，透過職場達人講座、到高科技公司、銀行、五星級飯店等企業參訪認識各行各業。

所有課程都免費，只有兩個條件：上品格課程和當志工。我們是臺灣第一個引進聞名的史蒂芬．柯維（Steven Covey）《七個習慣》教育版（The Leader In Me）作為品格教育和領導力教育的非營利組織。青少年也要在寒暑假到偏鄉當志工照顧兒童和獨居老人，甚至到菲律賓、印尼、柬埔寨和西非布吉納法索擔任志工。我們相信青少年是受助者，更是助人者，「給予」也賦予他們力量和信心。充滿使命和熱情的志工老師負責我們九〇%以上的課程，因為他們都曾是受助青少年，想拉拔同樣逆流而上的弟弟妹妹。

過去我們幫助弱勢青少年考上一流高中和大學，讓家人引以為榮。今天我們更幫助他們找到一生的志業和使命，改變他們和家庭的未來，更為社會帶來貢獻。

「夢想之家」的孩子後來有的成為醫生、電腦工程師、老師、設計師、警官和創業家，更有脫離幫派、毒品後成為成績優異的志工大哥哥、大姊姊，進而幫助其他青少年。

身為陪伴許多青少年成長的「爸爸」，比我得到「十大傑出青年」、「青年獎章」和「臺灣真英雄」的榮譽都更開心。對我來說，這些克服自身困境、還能付出與分享的年輕人，才是真正的英雄。

我為年輕人做夢，但最要感謝的是很多和我一起為青少年圓夢的人。例如金融巨擘「摩根大通銀行」亞洲區副總裁錢國維先生，他從九年前就開始默默支持我們，一起帶禮物去平宅看孩子，鼓勵銀行同仁來輔導青少年，推動職涯探索計畫。

最後，我想和大家分享這十一年來堅持我走下去的信念和力量。

帶給孩子快樂的華特．迪士尼（Walt Disney）其實童年很悲慘，但他說世上有三種人：在別人井裡下毒的人（well poisoner）、自掃門前雪的人（lawn mower）和豐富別人生命的人（life enricher）。我們都該豐富別人的生命，即使只是微笑、鼓勵的話或愛的行動。耶穌說：「施比受更為有福」，這是真的。

海倫．凱勒又盲又聾又啞，但卻從哈佛大學畢業，並精通英文、法文、拉丁文、希臘文。她曾說：「只要面向陽光，陰影就在你的背後」。我們都有傷痛和挫敗，但讓我們選擇忘記背後、努力面前，向標竿直跑。

聖經說：「神為愛他的人所預備的是眼睛未曾看見，耳朵未曾聽見，人心也未曾想到的。」選擇去愛的人會經歷上帝給他意想不到的禮物。

我的童年也很不快樂；家裡沒能力讓我出國讀書；也曾恐懼自己無法成為好爸爸而不敢有孩子。但當我帶給人快樂時，我最快樂。幫人圓讀書夢時，我得到獎學金出國進修。去愛別的孩子時，我擁有了兩個可愛的孩子，還有數百個青少年大孩子。

我為你祈禱，讓你選擇去愛、去面向陽光，更願上帝帶給你意想不到的豐富人生。

——廖文華撰文，二〇一七。

與眾不同人物小檔案

廖文華

人物介紹

法律研究所畢業後，2006 年在西門町建立「夢想之家」。他的夢想是在臺灣每個城市建立夢想之家，讓孩子都有溫暖的家、勇敢追夢。他曾獲得「青年獎章」、「十大傑出青年」和三立電視臺「臺灣真英雄」等獎項，接受總統、行政院院長接見表揚。經常在學校、企業和各國演講，呼籲關愛青少年。他是兩個孩子的爸爸，也是數千位青少年的爸爸。

與眾不同學習密碼

1. 成為一個豐富別人生命的人 (life enricher)

人不只能為自己夢想，也能為別人夢想、為別人圓夢。這樣一來，自己的人生也會變得更豐富、更快樂。瑞典諺語是這麼說的：「分享的快樂是雙倍的快樂」(Shared joy is joy doubled.)

2. 面向陽光，陰影就會一直在背後

不要專注在過去的傷痛，專注在你可以創造的未來；不要專注在你無法改變的，專注在你可以改變的。朝著你的夢想、使命、目標全力前進。

3. 我們都需要其他人的幫助

偉大的夢想往往超過我們的能力。學會結交朋友、尋求幫助、建立團隊、表達感謝，還有尊榮別人的優點與付出。

蘇文鈺

偏鄉程式設計教育推手

我想成為孩子生命裡的光

文／蘇文鈺

身為大學教授的蘇文鈺一直是一個不一樣的老師。

為了鼓勵學生勇敢踏出舒適圈，嘗試創新，他自己身體力行，是一個知名的「創客」（maker）；為了想喝一杯好咖啡，他帶著學生一起和廠商開發「Lulu’s Hand 手沖咖啡器」。在臺灣募資平臺 Flying V 上架，一天就募資超過一百三十四萬元，更到美國的創業平臺 Kick Starter 上成功募集紐幣一萬五千元（約新臺幣三十五萬），讓臺灣的創新實力被世界看見。

蘇文鈺年少在史丹佛做博士後研究時，見識到矽谷的創業精神（例如 Yahoo!），雖然心中嚮往，也有過機會，卻總是與創業擦身而過。

他的「Lulu’s Hand 手沖咖啡器」募資成功後，捐出兩成的盈餘給「中華民國愛自造者學習協會」（Program The World Association），推動「兒童與少年程式設計教學計畫」，帶著大學生到嘉義縣東石鄉，教偏鄉的孩子寫程式。

老師的不放棄，讓他小學四年級終於開竅

蘇文鈺的生命曾經在黑暗中被一位老師照亮，正因如此，現在的他希望自己也可以成為別人生命中，照亮黑暗的那道光。

很難想像這位擁有紐約大學理工學院博士學位的大學教授，小時候兩歲才會走路、三歲才會講話。當時住在彰化鄉下的蘇文鈺，常被鄰居指指點點的說蘇媽媽應該是生了一個啞巴，據說當時的蘇媽媽曾經一度想抱著蘇文鈺去撞火車。

國小三年級以前，蘇文鈺的考試很少及格過，數學最高分數是四十分。直到三年級那年遇到了孫先秦老師，他認為蘇文鈺應該沒有那麼笨啊！但為什麼考試成績總是那樣？於是孫老師來到蘇文鈺家裡做家庭訪問，他向蘇媽媽建議以一個月二十元的價格，邀請蘇文鈺及班上第一名的女生、幾位同學一起放學後留下來補習，才讓他漸漸找回學習自信。結果教一教，蘇文鈺到

了國小四年級便突然開竅了。

「所以，我意識到一件事，要變強，只有一個方法，就是要跟強的人在一起，要幫孩子找到厲害的同儕。」蘇文鈺說。因為曾經遇到一個改變自己生命的老師，現在，蘇文鈺也要改變偏鄉孩子的人生。

●學習程式設計，是培養邏輯思考的第一步

說起為什麼會投入「兒童與少年程式設計教學計劃」，蘇文鈺說，這幾年在教書的歷程中感覺到，有愈來愈多的學生都要求老師給他一個答案，但十幾年前的學生不會這樣。他反覆想了很久，深深覺得孩子應該要從小開始教起，從小扎根才能真正發揮教育的力量。於是他問研究生，「願不願意跟老師去偏鄉教小朋友寫程式？沒有薪水的喔！願意，我就收你當研究生，因

為我需要的學生是對社會有責任感的人。」

這個「兒童與少年程式設計教學計劃」，剛開始並沒有想在偏鄉做，蘇文鈺一開始只想先教自己的女兒和系上老師的小孩。「後來想想覺得不大對啊，孟子不是說過要『幼吾幼以及人之幼』嗎？」蘇文鈺後來聽了學生的建議，決定從弱勢的學生教起。在朋友建議的幾個偏鄉之中，嘉義縣東石鄉離得最近，就此展開東石鄉程式教學計畫。

為什麼要教孩子學寫程式？蘇文鈺說：「學習程式設計，是培養孩子邏輯思考眾多方法之中一個很好的方式。」從小透過學習程式，有效建立程式與邏輯思考能力是目前全世界的教育趨勢，程式的訓練可以讓孩子學習如何精確地實現一件事。蘇文鈺有感而發的表示，寫程式是最不需要本金就可以賺錢的工作，只要有電腦和有網路就可以搞定了，即使在偏鄉或是青康藏高原或是西伯利亞，都一樣可以接觸全世界。

幾年來，蘇文鈺與團隊學生教偏鄉小孩寫程式，每個月去嘉義縣東石鄉上課一次，一次八小時，寒暑假更增加到每週上課一次。由淺入深的帶領學生寫程式，目標是經過七年的奠基，孩子便能接軌工程師賴以維生的數種高階語言，並且具備專案開發的能力。

他們從最簡單也最好懂的 Hour of Code，然後玩不插電的 Scratch 程式團康遊戲，之後才上機用電腦寫 Scratch 程式，用一個個的圖形積木，代表各種動作，發展遊戲或者動畫。譬如，要如何讓螢幕上的小貓，在上、下、左、右鍵的操作下，往對的方向走。

後來，蘇文鈺進一步替孩子舉辦檢定，十歲的孩子每個人的題目都不一樣，寫出來的程式必須達到題目上所有的需求才算過關。這場檢定不准互相討論，也不可以上網找範例，每次考試只有一題，作答時間最少為一天，比較高階的過關做答時間為四天，「連學測都不用考這麼多天」蘇文鈺笑著說。

「一開始孩子們還可以一邊寫程式，一邊開玩笑。」但是進入狀況後，孩子竟寫超過午餐時間都停不下來。跟蘇文鈺一起推動計畫的教會老師問：「寫程式的人是不是往往會寫到忘記吃飯？」

其中一位孩子的媽媽說，孩子吃完晚飯還一直努力到晚上十一點，三天以來，沒看過電視也沒打過電動。有一個孩子在最後五分鐘時達陣，高興到掉眼淚。蘇文鈺說，他在過關的孩子眼中看到自信心的光芒，這是偏鄉的孩子們最需要的。

未來，期待孩子可以留鄉創業

從成功大學到東石鄉開車要花上一小時又十五分鐘，除少數狀況，蘇文鈺堅持每一場都要到。從一開始孩子都不用正眼看他，後來慢慢的願意跟他說上幾句話，「到現在能一起勾肩搭背」，孩子打從心裡的信任，讓他再遠也義不容辭。

蘇文鈺期待成為孩子生命中的那道光，「就是拉學生一把。我對他們說：『我沒有放棄你們，請你們不要放棄自己！』」蘇文鈺說，透過全心且長期的陪伴，就能翻轉偏鄉孩子的命運。程式設計的成本低廉，適合創業，也可以遠距工作，「孩子在偏鄉就能落地生根，不用再遠離故鄉。」連蘇文鈺的學生也把公司從矽谷與臺北搬回自己的臺南家鄉，對於蘇文鈺來說，「家」還是一生之中心之所向。

當了很多年教授，蘇文鈺卻在大學以外的世界，找到自己的人生方向。他自嘲，過去整日都在填表格、開會、寫論文，根本不懂教育。但是教孩子寫程式，讓他看見自己的教育熱忱，發現自己原來這麼這麼愛孩子。

原本期待翻轉孩子的蘇文鈺終於領悟，「其實孩子才是我的貴人。我希望當孩子跌到深淵谷底時，他可以抬頭看到那個光，那個光的力量會把他拉上去。而那個光，就是身為老師的我必須要做的工作，也是教育真正重要的價值。相形之下，老師課堂上到底在教什麼東西，我覺得就不太重要，真的不太重要了。」

如今，「中華民國愛自造者學習協會」除了持續開發更好的教材與技術外，更致力於幫助偏鄉的老師面對一〇八課綱中的資訊科技教育。目前有位於花蓮、臺東、彰化、南投、臺南、澎湖等超過二十所偏鄉學校成為Program The World的夥伴學校，蘇文鈺要讓一個又一個老師成為偏鄉孩子生命中的光。

——本文由蘇文鈺於二〇一七年更新自：張益勤、李京諭採訪，《親子天下》第七〇期，二〇一五。

與眾不同人物小檔案

蘇文鈺

人物介紹

成功大學資訊工程學系教授，紐約大學理工學院電機博士，史丹福大學電腦音樂音響中心研究。現為「社團法人中華民國愛自造者學習協會」兒童少年程式設計教學計劃主持人，協會理念為：「偏鄉從來都不是弱勢，偏鄉是這個國家未來的希望」；信念是：「Train The Trainers」、「Be A Giver」、「We DO NOT fail our Children」。未來不僅會持續耕耘程式教育的推廣，更會讓全臺學子免費共享其教學資源與社群計畫。

與眾不同學習密碼

1. 做自己有熱情的事，別人也會受到感動

英文中的「職業」一字源自拉丁文（vocare），意思是「召喚」（to call）。當你開始召喚起自己生命中的熱情，自然就能幫助別人召喚他們生命的意義，而這些獲得回過頭來，又會讓自己找到生命的價值以及餘生奮鬥的目標。

2. 永遠抱持學徒心態，學習是一輩子的事

固守自己原本熟悉的領域很安全，但唯有踏出舒適圈，用學徒的角度重新進行學習，才有可能在原有領域引發新的元素與創意。

3. 學習程式設計是眾多培養邏輯思考方法中，很好的一個方式

學習程式設計是目前全世界的教育趨勢，也是最不需要本金就可以賺錢的工作，只要有電腦和網路，你就可以接觸全世界。

〈企劃緣起〉

成長與學習必備的元氣晨讀

親子天下執行長　何琦瑜

一九八八年，身為日本普通高職體育老師的大塚笑子。在她擔任導師時，看到一群在學習中遇到挫折、失去學習動機的高職生，每天在學校散漫恍神、勉強度日，快畢業時，才發現自己沒有一技之長。出外求職填履歷表，「興趣」和「專長」欄只能一片空白。許多焦慮的高三畢業生回頭向老師求助，大塚老師鼓勵他們，可以填寫「閱讀」和「運動」兩項興趣。因為有運動習慣的人，讓人覺得開朗、健康、有毅力；有閱讀習慣的人，就代表有終生學習的能力。

但學生們還是很困擾，因為他們根本沒有什麼值得記憶的美好閱讀經驗，深怕面試的老闆細問：那你喜歡讀什麼書啊？大塚老師於是決定，在高職班上推動晨間閱讀。概念和做法都很簡單：每天早上十分鐘，持續一週不間斷，讓學生讀自己喜歡的書。一開始，為了吸引學生，她會找劇團朋友朗讀名家作品，每週一次介紹好的文學作家故事，引領學生逐漸進入閱讀的桃花源。

沒想到不間斷的晨讀發揮了神奇的效果：散漫喧鬧的學生安靜了下來，他們上課比以前更容易專心，考試的成績也大幅提升了。這樣的晨讀運動透過大塚老師的熱情，一傳十、十傳百，最後全日本有兩萬五千所學校全面推行。正式統計發現，日本中小學生平均閱讀的課外書本數逐年增加，各方一致歸功於大塚老師和「晨讀10分鐘」運動。

臺灣吹起晨讀風

二〇〇七年，《親子天下》出版了《晨讀10分鐘》一書，透過雜誌分享晨讀運動的影響與策略，找到大塚笑子老師來臺灣分享經驗，獲得極大的迴響。我們更進一步和教育部合作，募集一百所晨讀種子學校，希望用晨讀「解救」早自習，讓孩子一天的學習，從閱讀自己喜歡的一本書開始暖身。

推動晨讀運動的過程中，我們發現，對於剛開始進入晨讀，沒有長篇閱讀習慣的學生，特別是少年讀者，的確需要一些短篇的散文或故事，幫助他們起步，在閱讀中有盡興的成就感。這些短篇文字絕不能像教科書般無聊，也別總是停留在淺薄的報紙新聞，才能讓新手讀者像上癮般養成習慣。如果幸運的遇到熱愛閱讀的老師和家長，一些有足夠深度的文本還能引起師生、親子之間，餘韻猶存的討論。

這樣的需求，激發出【晨讀10分鐘】系列的企劃。在當今升學壓力下，許多中學生每天早上到學校，迎接他的是考不完的測驗卷。我們希望用晨讀打破中學早晨窒悶的考試氛圍。每日定時定量的閱讀，不僅是要讓學習力加分，更重要的是讓心靈茁壯、成長。

在學校，晨讀就像是在吃「學習的早餐」，為一天的學習熱身醒腦；在家裡，不一定是早晨，任何時段，每日不間斷、固定的家庭閱讀時間，也會為全家累積生命中最豐美的回憶。

【晨讀10分鐘】系列，透過知名的作家、選編人，為少年兒童讀者編選類型多元、有益有趣的好文章。我們邀請了學養豐富的各領域作家、專家、達人，例如張曼娟、廖玉蕙、王文華、方文山、楊照、劉克襄、殷允芃等，編撰出共數十本，不同主題、類型文章的選文集。

每天一篇人物故事，讓孩子勇敢成為自己

二〇一七年的【晨讀10分鐘】新企劃，把選文關注的領域擴張到文學之外，特別邀請臺灣大學電機系教授，同時身兼創業家的葉丙成，選編《我的成功，我決定》，精選二十二個「非典型成功」人物故事，重新探問「成功」的定義。

長期的應試教育，培養出一整代缺乏自我探索，只為考試和成績讀書的年輕人，拿掉考試與成績，離開學校與學歷，學生們便不知為何而學？如何定義自己的成功？如何找到人生的意義感？

透過選文的架構，長期關注年輕世代的葉丙成，想要打破舊時代對於「成功」等於「學歷」或「名利」的追求窠臼，突顯新時代的三個成功方程式：從興趣和天分出發，在失敗中學習前進，找到利他的社會貢獻。在二十二個人物故事中，動人的片刻，不是成功帶來的權力或結果，而是在歷程中，主角們如何反思失敗的意義，在不被理解的挫折時挺身而進，在為理想搏鬥的痛苦中突圍而出。

在議題戰場延燒對立的二〇一七年，我們也特別邀請專研閱讀策略與閱讀理解、現任品學堂總編輯黃國珍老師，選編《你的獨特，我看見》，希望引領少年認識世界的多元，同理他人的情感，學習尊重並理解看似對立的「差異」。

我們希望，在臺灣社會從單一價值到多元價值、衝突不斷的轉型過渡期中，透過閱讀提供給少年讀者多元的觀點與寬闊的胸懷，讓下一代更有勇氣「成為」他自己，也懂得接納不一樣的他人。

推動晨讀的願景

在日本掀起晨讀奇蹟的大塚老師，在臺灣演講時分享：「對我來說，不管學生在哪個人生階段……，我都希望他們可以透過閱讀，讓心靈得到成長，不管遇到什麼情況，都能勇往直前，這就是我的晨讀運動，我的最終理想。」

這也是【晨讀10分鐘】這個系列叢書出版的最終心願。

—推薦序—

珍視孩子心中的夢想

教育工作者、知名作家　李崇建

翻讀這本書的時候，我腦海流轉著眾多身影，尤其是小山與卡路里。

小山少年時期，調皮搗蛋，是學校的頭痛人物。有天他決定改變了，卻不知道自己目標為何？他很努力的尋找，想要找到自己的熱情。他發現自己熱愛卡車，也熱愛控制方向盤，他決定以開卡車為目標。

學校老師知道了，透露著些許擔心，這樣子真的好嗎？

我任教的學校很開放，鼓勵孩子追尋所愛。但是教師也關愛孩子，一旦孩子的選擇非主流，其實考驗著教師，更考驗著父母的看法。

當年我三十五歲，剛進入教育領域，面對孩子以開卡車為職志，我內心也有不安，可見我也不能放心呀！我帶他看卡車司機的生活，找一些卡車司機的資料，問問他還那麼想嗎？他看了、聽了一些故事，表示自己會深思，但一段時間之後，他仍然決定以開卡車為志向。

我也決定陪伴與支持他。

既然以開卡車為職志，應該做些什麼努力呢？他除了觀察卡車，看了很多卡車報導，對於各類型卡車型號都了解。剩餘的時間呢？他練習打鼓，他的第二個夢想出現了，他期待有天開卡車，卡車裝著一個樂團，到處巡迴演唱……

與此同時，學校有個孩子熱愛火車，捧著時刻表背誦，志向當然與火車有關。這個孩子叫做卡路里，他熱愛臺鐵的火車，遇到放假就追著火車跑，更想到日本去看火車。

五十個孩子的學校，有一位以卡車為志向，一位以火車為志向，我們都很支持他們。

這兩個孩子長大了。

小山十八歲考上汽車駕照，十九歲考上卡車駕照，二十一歲考上連結車駕照。他每次考上駕照，都興奮的告訴我，要載我環島旅行。他打鼓也沒閒著，愈打鼓愈投入，二十三歲時已是三個樂團的鼓手，他曾邀我聆聽他公開打鼓，我看見臺下的聽眾痴狂，他演奏完音樂之後，更送我兩張他的音樂CD。他到過日本、歐陸、香港、臺灣各地演奏過，還曾經去英國為他的偶像團體開卡車，並且同臺玩音樂，他直呼自己夢想算成真了。問他如何能堅持？他只說確立了目標，忍受一路的挫折，而且從挫折中學習。

卡路里呢？為了圓夢，他考上日文系，對日本火車更加了解。臺灣著名小說家甘耀明曾寫過《神祕列車》這本小說，就是受卡路里影響，也是受他指點，才得以得獎成書。

卡路里的職業呢？他考入臺鐵工作，成了列車長、站長，目前在臺北火車站任職。日前他來找我，只為了看臺中港的貨運火車，看他談起火車的滿足，瞇著眼睛談論火車，我為他感到高興。

他也經歷挫敗，這個挫敗是學業，來自各方不認同的壓力，但他都走過來了，因為他熱愛火車。

上週我到馬來西亞演講，講題是「激發孩子的學習動力」，我問當地聽眾，激發學習動力，是否只限於功課？若是孩子對卡車、火車很投入，也很積極的投入探索與學習，大人願意支持他們嗎？也將他們視為成功的人嗎？

葉丙成老師編了此書，選了二十二個動人的生涯故事，橫跨各種職業別，故事讀來津津有味。我從本書看見兩個方向，一是成功的定義，不一定是課業的成功，或者主流價值的認定，而是真心投入熱愛的事物。第二個方向，書裡看見這些人物，多少都有失敗的經驗，並且強調失敗是一件重要的事。

檢視我的成長歷程，到了三十歲還一事無成。我經歷過泥水匠、貨櫃工、作業員與服務生，三十二歲才上山教書。一直以來我以文字創作為目標，雖然不斷經歷挫敗，我亦未放棄初衷，最後結合教育與書寫，成了教育書作家。

閱讀這本書，我感覺人人都能成功，都能像書中主角一樣，就像小山、卡路里與我，只要願意專注所愛，並且不怕失敗。正如同丙成編的這本書，不只讓青少年勵志，也為青少年指引了方向，允為最棒的晨間選讀，青少年定能得到閱讀樂趣，也能從中找到力量與方向。

—推薦序—

與眾不同

學思達教學倡導者　張輝誠

編書容易，編書亦難。

編書容易，因為只要把別人文章匯集起來，集腋成裘，不勞振筆疾書，一本選集就完成了；編書困難，正難在考驗編選者的眼光、品味與價值觀，因為唯有非凡的眼光、品味與價值觀，選集才有可能秀逸絕倫、脱穎而出。

我有幸時常和葉丙成同臺演講，也曾和他一起到國外演講，我在臺下聽他演講、在臺下同他聊天，有兩次對話，印象很深，一直記憶至今。

有一回，我們聊到一些曾經引領過臺灣社會改革風潮，但如今卻反成了沉醉在過去榮光、抗拒新浪潮、甚至變得頑固保守的老前輩，丙成忽然說：「會不會等我們老了之後，也變成這樣？」當時我心頭馬上浮起兩句話，「年輕時是革命黨，老了之後就變成保守黨。」我馬上回說：「應該不會，因為我們一直和年輕人相處，一直欣賞年輕人，幫助年輕人，所以應該比較不會和年輕人的新世代脱鉤、甚至斷裂成巨大鴻溝。」

如果大家知道，丙成在臺大創造出一個又一個巨大舞臺（如擔任 Coursera 執行長，讓臺大許多老師變成超級名師；如臺大簡報大賽，邀請業界頂尖人物來當評審，場面隆重而盛大，讓學生登臺亮相，變成眾所矚目的未來之星）、同時不斷在自己高人氣的臉書社群幫助年輕人（宣傳、提拔、肯定、張揚、甚至捐款資助）、更成立一家 PaGamO 公司和無界塾，讓優秀的臺大畢業學生有施展身手的機會、也經常熬夜為學生們寫大量申請外國大學的推薦書、又不斷為臺灣中小學的種種改革與種種問題發出支持之聲與不平之鳴、甚至付諸具體行動（到處演講、串聯、開會與協調，更全力支持與參與臺灣最專業而頂尖的教師社群研習「噗浪客」的舉辦），他甚至還願意撥出時間寫雜誌和報紙的專欄、願意為許多老師的新書耗費心思寫序。真正知道這些之後，我才敢說他老了之後，一定不會變成頑固的保守黨。

有一回，演講完之後，我們兩個在新加坡一家搖滾樂團演唱的 pub 喝酒，在震耳的音樂下我們拉高音量聊著天，我提到毓老師上課曾說：「聖人再厲害，也不能生一個時。但是人卻可以『先於時』，先時而動，就是領導者第一要務。」丙成似乎不很認同，他深受日本坂本龍馬影響，認為英雄，即使是「時」，都能創造出來。我們認識四年來，我感覺他真的一直很努力著，努力創造出一個又一個「時」。

演講時，丙成常會提到他的求學經驗，一路從建中、臺大到美國密西根博士，看似順遂的人生，直到了美國，在一場派對中，才赫然發現，自己窮得只剩下課業知識，對於生活其他一切，一概無知到驚人程度，於是幡然改悟，開始廣泛學習。分享時也不忘告訴大家，如果可以重來，他願意學習更多，他也認為，學歷在這個時代已經不太重要，能力勝過學歷。

這話看起來似乎沒有太大說服力，也難怪有人會寫文章質疑他：「葉丙成是臺大教授、博士學歷，卻叫大家不要在意學歷？這不是莫名其妙嗎？」這樣的言論確實很容易引發共鳴，但事實上可能不是如此，每一個時代都有每一時代的侷限，丙成在他的時代，遵循這樣的成長之路被認為是對的，但到後來他發現還有更多可能，如果可以重來，他可能還有不一樣的選擇和樣貌；再者，這個時代已經和過去的時代不一樣，他更加感受到時代的巨大差異，當代的孩子真的已經可以有更多的選擇與可能，不應該受困在上一代的舊有思維和觀念當中，造成上下兩代彼此扞格、相互消耗。所以他一方面提拔、欣賞、支持勇敢走出不同於舊觀念、舊思維、舊模式的年輕人，一方面又不斷試圖影響和改變上一代的觀念。

這本書，我認為就是丙成付諸行動的另一成果，他用面向未來的眼光、絕佳的品味、不同於流俗的價值觀，試圖重新改變成功的定義。成功除了名利雙收之外，是否還有其他各種新可能：傑出的年輕人勇敢走向一條與眾不同的新道路、平凡的人因為勇敢逐夢變得不平凡、曲折的人生如何一次次挺進和成長，如何在人生過程中展現自律、努力、熱情、企圖心、突破、利他、行動力與創造力，如何歷經失敗與挫折，如何一路收穫愛、溫暖、心靈安定與充實、最終找到自我價值。

這本書是這樣的書，真的，與眾不同。

推薦序

體驗失敗，是一生最珍貴的學習

臺中縣大元國小教師　蘇明進

正值陽光灑落的晨讀時光，教室的每個角落裡，都散發著靜心閱讀的美好氛圍。這是我和孩子們一起晨讀的時間，我翻開手上的書稿，恰巧是這本《晨讀10分鐘：我的成功，我決定》。

才讀完幾個故事，就一直被所收錄的故事，感動得渾身起雞皮疙瘩。

這本《晨讀10分鐘：我的成功，我決定》，是由葉丙成老師針對年輕世代的需求，選編了二十二個深具臺灣新世代精神的生涯故事，從最夯的偶像明星五月天、年輕世代的典範人物：劉安婷、呂冠緯、許芯瑋，到擁有豐富生命經驗的蘇文鈺、翟本喬……等名人，期能透過這些動人的故事，帶給年輕世代對於非典型成功的想像與反思。

閱讀此書，許多篇文章發人省思。這些所謂「成功」的名人，其實一開始並非一帆風順，反而都是歷經無數的失敗與打擊。DFC發起人許芯瑋曾在團隊沒有經費、理念不合、被詐騙金錢、家人不支持、與男友分手……這些眾多挫折中，向河濱學校創辦人哭喊著：「我想解散團隊，我真的好累！」但是，最終她還是沒有放棄。

事實上，書中收錄的這些非典型成功故事，都在反覆提醒著我們：失敗並非是一無是處，失敗反而是對未來最好的滋養與累積。

我很喜歡書中漫畫家彭傑所說的一段話：「十件事情九件輸，只贏了一件，最後撐下去的才會是真實的。真的不用怕輸，我們大部分時間都在跟失敗相處。」如果我們把失敗視為不可迴避的過程，那麼該如何在每一次過程中反思、修正、轉念並讓自我跳脫，就會是最後不同結局的分野了。

身為一位老師，我更想知道如何能透過閱讀這些精采的故事，帶領我的學生走出生命幽谷呢？

我曾經送給我的學生一本很棒的傳記，那時她正處於黑暗的低潮之中。然而讀完書後，她除了感謝我的贈書外，卻也意外觸發了她更多的羨慕與自責。

閱讀完這本《晨讀10分鐘：我的成功，我決定》後，我開始有了不同的想法。也許我們應該重新為孩子調整對未來想像的順位。

從這些生命故事中，我們可以發現這些代表人物之所以與眾不同，是因為他們懷抱著「夢想」，例如吳宗信的火箭夢、蘇文鈺的偏鄉夢。但若孩子沒有夢想該怎麼辦？那麼也許往前推，從自己有「熱情」的事情著手，例如熊仔對於嘻哈音樂的高度執著；或是簡單點，學學林孟欣對疊杯、陳星合對雜耍特技的「興趣」。把「興趣」，轉化為一種「熱情」，進而變成一種可以實踐的「夢想」。

追尋「夢想」的途徑中，難免會遇到「失敗」與挫折，那麼就學學五月天從四百句歌詞刪到只剩四句的吃苦精神；或學學謝文憲、王永福，從不斷嘗試、探索中尋找珍貴的線索。最後，再從劉安婷、呂冠緯、許芯瑋的故事中，見證所謂的夢想，其實就是「利他」，在共好中看見自己存在的價值感，讓自己的人生不留下任何遺憾。

這本書很棒的是，每篇故事都寫得十分動人，卻只需要十分鐘即可閱讀完畢；光看單篇就覺得回味無窮，令人思考再三。而每篇文章都有附錄「人物介紹」及故事主角親自獻給讀者的「與眾不同學習密碼」。我特別喜歡這樣的巧思。雖然只有短短幾句話，卻是每位人物最深刻的生命見證；是在歷經反覆挫敗後，所淬鍊出極具參考價值的人生處方箋。

孩子們，你想當一位決定自己成功的人嗎？這本《晨讀10分鐘：我的成功，我決定》藉由許多所謂成功人士的故事，告訴了我們追尋夢想過程中，最寶貴、但也最真實的通則。

建議你此刻就拿起書，開始閱讀吧！

推薦序

尋尋覓覓，終於盼到一本具真實故事力的中學生讀物

彰化縣原斗國小教師　林怡辰

推動閱讀十多年，時間是真相的女兒，帶來真價值的禮物。閱讀，不管是增進閱讀理解、學習閱讀後用閱讀學習、置身書中人物情境產生同理心、從書裡沉澱釐清自己價值觀、被書中光亮感動，最重要的是孩子常因書中人物勇敢、堅持等特質所震撼，回頭檢視自己的人生而獲得勇氣、動手改變的心……，這些是我多年來在孩子身上看見，閱讀對於教育帶來最重要的覺知和改變人生。

而在各種類型書籍中，最適合擔任這樣角色的，首推真實故事力的傳記類書籍。可坊間傳

記類的書籍眾多，像是面對一班近三十個天賦不相同的孩子，深入的閱讀一本傳記雖是好選擇，但面向似乎少了些；有些書籍陳列許多位名人偉人，卻篇幅太少，簡單幾百字就帶過，少了細節，沒了掙扎，對於閱讀量和人生經歷尚不足的青少年來說，讀完腦中空洞，很難感動。

葉丙成老師精心選文的這本《晨讀10分鐘：我的成功，我決定》，卻能一次跳脫兩種困難，不僅提供孩子創新、視野、勇氣、追尋自我外，更有難以取代的特色：

第一，提供非典型成功人物，且橫跨多元職業類別：當未來有六五％的工作還沒出現，成功的定義卻因為社會限縮的價值觀而窄化，我們該如何給孩子面對未來重要的鑰匙？這本書給了進行式的答案。

書中我們看到五月天「寫了一百句歌詞只有一句可用」，告訴你失敗才能淬鍊人生；打入日本漫畫市場的漫畫家彭傑，以自律的作息、SOP的工作流程，告訴我們：「鬥志，是興趣和熱情燃燒後剩下的真實」。國際服裝設計師詹朴、改裝車冠軍葉韋廷、嘻哈歌手熊信寬、馬戲雜耍表演者陳星合、繪本作家陳致元、世界疊盃冠軍林孟欣、鈑金世界冠軍馬祥原、流浪動物志工李榮峰……這些故事告訴我們，成功的道路不只一種，那麼我們給予孩子的典範是不是也應該多元且齊放，讓孩子有勇氣創造自己獨一無二的成功人生？

第二，故事人物年齡層老中青少皆有：劉安婷二十來歲創辦TFT，至今培育了五十七位偏鄉教師，服務超過一千七百個孩子。她證明了年輕是獨有資產，不須驕傲、不須批判上一代，可以不亢不卑，不需因年輕而自我設限。此外，誠致教育基金會執行長呂冠緯、DFC發起人許芯瑋、十五歲即奪得世界疊盃冠軍的林孟欣，這些主角以貼近孩子年齡、時代背景、思考脈絡的故事，能為孩子帶來更多共鳴，同時思考：我的年齡與他相仿，那我的人生意義又在哪裡？

第三，不多不少的篇幅，詳細敘述生命困頓和細節：本書每篇篇幅約三千字，娓娓道來「成功」的定義不只著重在成績與履歷，在過程中經歷不斷的回顧初衷、自我懷疑、自我檢視和對話……。原來最重要的不是結果，而是在徬徨無助的中途更加認識自己，這是每個人一生中必經之路，也是最珍貴的學習。

第四，二十二個臺灣在地人物的真實故事：書中二十二個人物都是臺灣在地英雄，當然，閱讀古今中外的傳記故事，都可提升孩子的生命視野與廣度，但閱讀和孩子相同時空背景下的在地英雄，對孩子造成的鼓舞更有意義。建議之後再銜接《放眼天下勵志文選》，閱讀比爾蓋茲、歐普拉、羅丹、甘地、珍古德等故事，從在地出發才能放眼世界！

第五，品格、價值觀、閱讀習慣、恆毅力一次達成：價值觀很難以口述方式直接傳遞到孩子心中。但透過閱讀，當孩子有興趣了、感動了，想法改變了、柔化了堅持和我執，思考自己是否需要調整時，才有改變的開始。

誠摯推薦這本由葉丙成老師選編的《我的成功，我決定》，透過晨讀十分鐘培養閱讀好習慣，讓孩子清晨接觸這些砥礪身影，之後延伸閱讀、觀看影片更加立體，並落實價值觀到生活中。閱讀、省思、行動、省思……不斷循環後，孩子對於成功有更多想像和方向、對挫折有更多理解、對信念有更深堅持。國小高年級至中學的孩子都非常適合閱讀，絕對不容錯過！

怡辰的晨讀十分鐘私房閱讀推薦：

《晨讀10分鐘：放眼天下勵志文選》（天下雜誌發行人殷允芃主編）。

《晨讀10分鐘：人物故事集》（知名作家王文華主編）。

誌謝：

在編著本書的過程中，
如果沒有劉乃文小姐與黃麗瑾編輯的鼎力相助，
這本書不可能如此順利的完成，衷心感謝兩位的全力協助。
也感謝書中的22位主人翁願意分享他們的人生故事，
讓我們得以一起完成這本很有意義的書。

國家圖書館出版品預行編目（CIP）資料

晨讀10分鐘：我的成功，我決定／五月天等作；葉丙成主編. -- 初版. -- 臺北市：親子天下, 2017.07
288面；14.8x21公分. --（晨讀10分鐘系列；28）
ISBN 978-986-94983-6-4（平裝）
859.7　106009907

晨讀10分鐘系列 028

晨讀10分鐘 我的成功，我決定

選編人｜葉丙成
作者｜五月天、謝文憲、謝榮雅、彭傑等
繪者｜包大山

責任編輯｜黃麗瑾、張文婷
封面・內文設計｜東喜設計
行銷企劃｜葉怡伶

天下雜誌群創辦人｜殷允芃
董事長兼執行長｜何琦瑜
媒體暨產品事業群
總經理｜游玉雪
副總經理｜林彥傑
總編輯｜林欣靜　行銷總監｜林育菁
副總監｜李幼婷　版權主任｜何晨瑋、黃微真

出版者｜親子天下股份有限公司
地址｜台北市104建國北路一段96號4樓
電話｜（02）2509-2800　傳真｜（02）2509-2462
網址｜www.parenting.com.tw
讀者服務專線｜（02）2662-0332　週一～週五：09:00~17:30
讀者服務傳真｜（02）2662-6048　客服信箱｜parenting@cw.com.tw
法律顧問｜台英國際商務法律事務所・羅明通律師
製版印刷｜中原造像股份有限公司
總經銷｜大和圖書有限公司　電話：（02）8990-2588

出版日期｜2017年7月第一版第一次印行
　　　　　2024年8月第一版第二十三次印行
定　價｜320元
書　號｜BKKCI001P
I S B N｜978-986-94983-6-4（平裝）

訂購服務
親子天下Shopping｜shopping.parenting.com.tw
海外・大量訂購｜parenting@cw.com.tw
書香花園｜台北市建國北路二段6巷11號　電話（02）2506-1635
劃撥帳號｜50331356 親子天下股份有限公司

照片提供者：
P.16相信音樂股份有限公司；P.28謝文魁攝；P.47、P.49奇想創造；P.55 ARRC前瞻火箭研究中心；P.60、P.63王永福；P.72臺灣之星電信股份有限公司；P.82郭瑞祥；P.94翟本喬；P.128葉韋廷；P.170福熹國際有限公司；P.184呂冠緯；P.198 TFT為臺灣而教；P.208、P.219 DFC臺灣團隊；P.244廖文華；P.38、P.52、P.104、P.114、P.124、P.136、P.146、P.158、P.170、P.224、P.236、P.254天下雜誌資料庫。

親子天下 × 品學堂

晨讀10分鐘

我的成功，我決定

閱讀素養題本

品學堂 提問設計

與 PISA 及國際閱讀素養接軌，
打造閱讀理解力，迎向 108 課綱核心素養

態度決定了你是誰

大海的另一端有什麼？星光距離我們多遠？為什麼月亮會有圓缺的變化？

人類對這世界好奇所開展的探究與理解歷程，讓人類逐步認識自己所生活的世界，同時也開展對自身的了解，並且成就人類的文明發展。

認識世界的過程是段漫長的歷史，人類對世界萬象的解釋，從充滿眾神間恩怨情仇的神話；發展到以神的話語，作為知識威權與生活教條的宗教年代；再到相信理性能發展知識以解決人類問題的啟蒙時代。這過程中基於好奇或質疑，勇於求知的精神，將人類的心靈從原始的狀態中逐步解放出來。

從未知到已知，這探究思考的過程，從有問題到有答案，問題成為打開世界的鑰匙，而答案往往就在問題裡。人類文明之所以能開展，其源頭並不是因為擁有答案，而是發現問題，面對問題的能力。當前素養教育很重要的一個目標，就是讓孩子能發現問題、解決問題，成為終身的學習者。

素養作為教育目標的同時，教育當局也賦予其核心，在總綱中是這樣說明素養內涵的：「『核心素養』是指一個人為適應現在生活及面對未來挑戰，所應具備的知識、能力與態度。」在這段文字中，素養是有關於知識與能力的部分很容易理解，但是談及態度，似乎就抽象了許多。事實上「態度」是這次新課綱中影響個人最深的素養。因為核心素養所說的知識與能力，若缺乏正向合宜的態度來回應，就不會發生有效的學習。學生若在態度上害怕面對問題、沒自信解決問題，誤解學習只是擁

文／品學堂創辦人、《閱讀理解》學習誌總編輯　**黃國珍**

有答案，而要求師長給予答案。離開學校進入生活與職涯場域，可能表現出無力探究問題和被動的態度，那麼我們何來競爭力？

如前面所言，給予知識與能力在教育體系中較容易理解，教學上也相對好掌握，「態度」本身雖不在知識系統內，但有了態度才有強大的內在力量去實踐學習。從實踐的過程中理解挑戰不是來自於外在，而是自己設定的目標，從運動比賽的輸贏理解這兩個結果都值得為自己的拼搏付出喝采。延伸這精神去面對生活中不同問題的挑戰，在失敗中理解成功的定義，在努力中決定自己的成功。這些關乎態度的養成，仰賴的是心智的啟蒙，而閱讀他人的生命故事，最能給年輕生命帶來啟發。這是此次品學堂《閱讀理解》學習誌與親子天下合作，重新為《晨讀 10 分鐘：啟蒙人生故事集》、《晨讀 10 分鐘：我的成功，我決定》與《晨讀 10 分鐘：運動故事集》這三本書規劃閱讀素養題本的目的。

給予下一代優質的學習內容，是品學堂與親子天下共同的目標。讓孩子擁有接軌未來的素養，發展個人並參與、回饋這世界，讓未來更美好，是我們共同的願景。期待透過我們共同合作的《晨讀 10 分鐘：閱讀素養題本》系列，能帶給孩子閱讀的樂趣、發現的喜悅，並啟發積極正面的態度，以運動家的精神，面對學習與生活的挑戰，以態度決定你是誰。

我們的成功，是失敗的累積

問題一〔擷取訊息〕

(　　) 阿信為何能結束他對「到底該不該走音樂路」的迷惑？

❶ 想到親友的陪伴
❷ 發行第一張專輯
❸ 領悟到青春短暫
❹ 把握每個演出機會

問題二〔統整解釋〕

(　　) 五月天的歌曲主題離不開愛、夢想、勇氣，來自於他們哪些人生經驗？

A. 團員深厚的友誼　　B. 得到親友的支持

C. 受到其他樂團的影響　D. 願意為了音樂犧牲一切

❶ ABC
❷ ABD
❸ BCD
❹ ACD

問題三 〔統整解釋〕

(　　)根據本文，請問五月天受到歌迷喜愛的原因有哪些？

❶ 擁有超凡的音樂天才、音樂充滿正面力量
❷ 擁有超凡的音樂天才、歌詞寫出社會問題
❸ 音樂充滿正面力量、搖滾樂珍貴的真實體驗
❹ 對待歌迷親切友善、搖滾樂珍貴的真實體驗

問題四 〔統整解釋〕

(　　)請問文章中為什麼要提到李白？

❶ 其為阿信欣賞的人物
❷ 說明面對失敗的心態
❸ 指出堅持夢想的重要
❹ 表示突破瓶頸的困難

當你覺得有困難，才有機會成長

問題一〔擷取訊息〕

謝文憲年輕時也不是一開始就知道自己想做什麼事情，但他認為當時的自己因具備什麼優點而能有所發展？

請作答

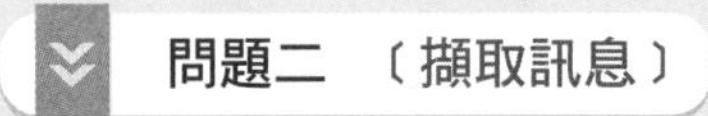

問題二〔擷取訊息〕

（　　）謝文憲向年輕的同梯請教後，意識到處理問題的第一要素為何？

❶ 不耽溺於情緒
❷ 勇於承認錯誤
❸ 擬定作戰計畫
❹ 多方請益專家

問題三 〔統整解釋〕

(　　)作者為什麼要提到謝文憲與補習班同學的年齡差距？

❶ 突顯謝文憲勇於面對現實的精神
❷ 強調謝文憲的英文不如國中學生
❸ 讚美謝文憲英文進步的幅度很大
❹ 說明謝文憲受到同儕壓力的鼓舞

問題四 〔統整解釋〕

(　　)根據本文，下列何者不屬於謝文憲的成功密碼？

❶ 了解自我專長
❷ 勇於挑戰自我
❸ 遇到困難找方法
❹ 享受人群的注目

問題五 〔省思評鑑〕

(　　)根據本文，「與眾不同學習密碼」一欄的主要功能為何？

❶ 強調全文要點
❷ 示範寫作技巧
❸ 補充背景知識
❹ 引起閱讀動機

想要創新，就不要怕失敗

問題一〔擷取訊息〕

根據本文，謝榮雅的設計理念為何？

請作答

問題二〔統整解釋〕

(　　)根據本文，好的工業設計師應具備什麼特質？

❶ 使美感與實務製作兼併的能力
❷ 透過刻意練習以增進設計能力
❸ 跨足不同產業了解客戶的需求
❹ 向工廠師傅請益如何優化製作

問題三 〔統整解釋〕

(　　) 即便獲得國際認可後，謝榮雅仍持續與中小企業合作的理由為何？

❶ 希望以自己的能力維護產業技術不流失
❷ 希望將中小企業的產品讓本土市場接受
❸ 希望以自己的能力回報曾培育他的企業
❹ 希望幫中小企業獲得多個國際知名大獎

問題四 〔省思評鑑〕

(　　) 根據 IDEA 大獎對謝榮雅的評論，下列哪一項商品最可能符合謝榮雅的設計理念？

❶ 獲取綠色能源的太陽能板
❷ 取代塑膠吸管的玻璃吸管
❸ 以染色劑清除雜色的衛生紙
❹ 以回收塑料製成的文創商品

靠自己的力量，實踐火箭夢

問題一〔擷取訊息〕

（　　）做火箭對於吳宗信而言有何意義？

❶ 家人對他光耀門楣的期待
❷ 童年時就想要達成的夢想
❸ 對刺激和未知事物的挑戰
❹ 改善家中經濟狀況的途徑

問題二〔擷取訊息〕

（　　）橄欖球隊的經歷對作者有什麼影響？

❶ 找回學習信心和興趣
❷ 學會負責合作的態度
❸ 找到志同道合的夥伴
❹ 認清自己的未來志向

問題三 〔統整解釋〕

(　　)本文透過吳宗信的故事，傳達了哪一種處世態度？

❶ 積極勤奮，設定好終點就拼命完成
❷ 厚積實力，機會來時自然水到渠成
❸ 廣結人脈，積極串連資源達成目標
❹ 觀察思考，在群體中找到適合位置

問題四 〔省思評鑑〕

(　　)本文第一段在文中有什麼作用？

❶ 開門見山點出本篇文本的思想主題
❷ 為後面要說的故事佈下疑問與伏筆
❸ 讓讀者對於故事的輪廓有大概認識
❹ 與故事發展對照，突顯人物的轉變

寫下 50 個願望，做更好的自己

問題一〔統整解釋〕

(　　)王永福離開第一份工作時，當下的心態以哪一句話形容最為合適？

❶「我知道我自己不想要什麼，所以離開了。」
❷「我不知道我自己不想要什麼，所以離開了。」
❸「我知道我自己真正想要什麼，所以離開了。」
❹「我不知道我自己真正想要什麼，所以離開了。」

問題二〔統整解釋〕

(　　)王永福三段職業選擇，分別以什麼因素為考量？

❶ 內在的渴望、現實的收穫、已有的能力
❷ 現實的收穫、已有的能力、內在的渴望
❸ 已有的能力、現實的收穫、內在的渴望
❹ 內在的渴望、已有的能力、現實的收穫

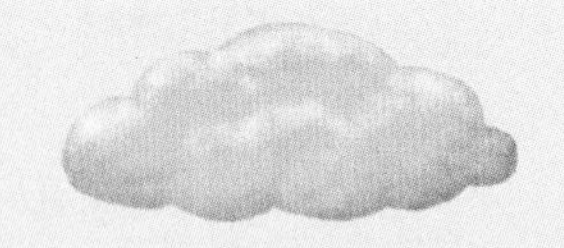

問題三 〔擷取訊息〕

(　　　) 王永福認為，寫下五十個願望最重要的意義是什麼？

❶ 鞭策自己往前進
❷ 養成計畫的習慣
❸ 認識真實的自己
❹ 發覺自己的長處

問題四 〔省思評鑑〕

(　　　) 哪一組詞在文中是用來顯示王永福現在的成功？

❶ Google、台積電、鴻海、Nike
❷ 知名簡報大師瑞紐迪跟杜阿爾特
❸ EMBA 聯誼活動、馬英九中部演講
❹ 年薪百萬、BMW 名車、名錶、名筆

找一件最喜歡的事，做到最好

問題一 〔擷取訊息〕

(　　) 陳星合一開始就以下列何者作為選擇工作的第一考量？

❶ 是否能獲得高額報酬享受生活
❷ 是否能受到他人對自己的肯定
❸ 是否能為自己帶來個人安全感
❹ 是否能滿足興趣，獲得成就感

問題二 〔統整解釋〕

(　　) 根據本文，陳星合達成夢想的關鍵是什麼？

❶ 按照師長的教導，扎實練習戲劇基本功
❷ 主動廣泛學習、找尋機會，且堅持練習
❸ 樂於分享，不吝嗇與他人切磋雜耍技巧
❹ 妥善進行時間規劃，把效益發揮到最大

問題三 〔擷取訊息〕

(　　)根據陳星合的觀點，建立自信心的關鍵與方法是什麼？

❶ 謙虛接納旁人對自己的意見
❷ 持續的練習獲得穩定的進步
❸ 懷有熱情，並找到做事的訣竅
❹ 時常對著自己說：「你辦得到！」

問題四 〔擷取訊息〕

(　　)陳星合如何面對離開太陽馬戲團的挫折？

❶ 視為轉機，勇敢轉換跑道
❷ 繼續朝著同一個目標努力
❸ 審視過去並找到修正方法
❹ 靜靜等待機會並抓緊機會

求第一，還是怕輸？

問題一 〔統整解釋〕

（　　）為什麼郭瑞祥最擔心的不是成績吊車尾的學生，而是每科拿第一名的學生？

❶ 擔心學生與別人討論時，不知道如何表達意見
❷ 擔心學生偏好獨自一人去規劃自己的人生方向
❸ 擔心學生只知道讀書，無法獨立做出成熟決定
❹ 擔心學生過於追求成績，忘了學習知識的本質

問題二 〔統整解釋〕

（　　）根據郭瑞祥觀察從北歐交換回來的學生，臺灣學生缺乏創新思考的原因是什麼？

❶ 在意他人評價，對自己沒信心
❷ 個性內向，而不敢與別人說話
❸ 沒有扎實學習知識的基礎理論
❹ 無法與時俱進，了解最新趨勢

問題三 〔擷取訊息〕

(　　)郭瑞祥認為，企業或個人的認知慣性與行動慣性源自於何種心理？

❶ 追求卓越
❷ 看重營收
❸ 害怕失敗
❹ 厭惡競爭

問題四 〔統整解釋〕

(　　)根據郭瑞祥對人生經驗的體悟，他最有可能對大四女學生說出什麼建議？

❶ 根據過去的成功經驗，規劃未來的人生方向才能事半功倍
❷ 審視所處環境，勇於應用知識進行嘗試，並接受自己犯錯
❸ 堅持在一件事上努力，試著把基本的理論基礎學得更扎實
❹ 多聆聽他人對自己的建議，時時反省自己有哪裡需要改進

創新是一種態度，不是一種制度

問題一 〔擷取訊息〕

(　　) 翟本喬在文中指出臺灣的教育有什麼問題？

❶ 師生的關係既緊繃又疏離
❷ 過分重視唯一的標準答案
❸ 過多紙本考試而缺乏實作
❹ 學生缺乏發現問題的能力

問題二 〔統整解釋〕

(　　) 根據文中翟本喬的觀點，雜誌詢問他的訪談問題應如何更改？

❶ Google 獨特的企業文化是什麼？
❷ Google 對創新能力有什麼態度？
❸ Google 如何激發員工的創新精神？
❹ Google 有哪些鼓勵員工的創新政策？

問題三 〔統整解釋〕

(　　) 翟本喬認為達到成功的方式為何？

❶ 堅持夢想
❷ 充滿熱忱
❸ 知足惜福
❹ 勇於嘗試

問題四 〔統整解釋〕

(　　) 下列哪種學習方式符合翟本喬給讀者的建議？

❶ 盡信書，則不如無書
❷ 三人行，必有我師焉
❸ 見賢思齊焉，見不賢而內自省也
❹ 知之為知之，不知為不知，是知也

我不是跨界，是勇於撕掉各種標籤

問題一 〔統整解釋〕

（　　）本文第一段～第十一段要傳達的訊息，印證了下列哪句話的主張？

❶ 歐普拉（Oprah Winfrey）：「你可以擁有一切，但你不可能馬上擁有一切。」

❷ 比爾· 蓋茨（Bill Gates）：「成功是差勁的老師，它會誘使聰明的人，覺得自己不能失敗。」

❸ 賈伯斯（Steven Paul Jobs）：「人生的事件無法預先拼出有意義的圖像，唯有在回顧之時，才能串連出有意義的軌跡。」

❹ 葉丙成：「成功者少有人會願意說自己是得惠於多少貴人給他的機會，所以才能成功的，以致於大家總有錯誤的觀念，以為只要努力就能成功。」

問題二 〔統整解釋〕

（　　）請問熊信寬為什麼要提到他喜歡的小說？

❶ 分享其成為饒舌歌手的契機

❷ 說明閱讀經驗對創作的影響

❸ 鼓勵讀者勇於嘗試跨界思考

❹ 描述求學歷程對志向的重要

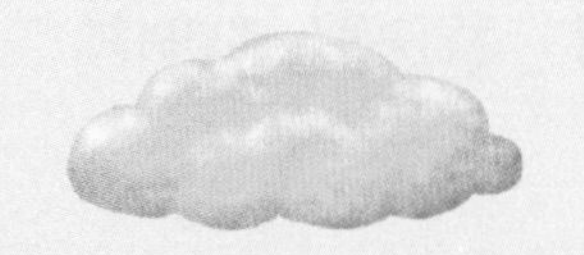

問題三 〔統整解釋〕

請問本文的「標籤」其意涵為何？

問題四 〔省思評鑑〕

(　　)熊信寬提到「家族中有十個博士」，能在閱讀上產生什麼效果？

❶ 作為定義的說明依據
❷ 提供反面的舉證例子
❸ 營造對比的衝突效果
❹ 暗示讀者文章的發展

問題五 〔統整解釋〕

(　　)下列何者不是本文要傳達的人生觀？

❶ 真正認識自己
❷ 設定明確目標
❸ 行善不求回報
❹ 多方探索學習

我要用漫畫，感動全世界

問題一〔擷取訊息〕

對外國人而言，為什麼在《週刊少年》刊登並不容易？

問題二〔統整解釋〕

(　　) 創作者在創作時，常在配合市場取向或堅持原創精神之間掙扎，彭傑對此所抱持的態度為何？

❶ 為維護初衷不能輕易妥協
❷ 以編輯意見作為創作原則
❸ 願意採納建議並作出調整
❹ 進攻他國市場以另尋機會

問題三 〔統整解釋〕

(　　)彭傑建立一套穩定且自律的生活方式，主要是為了應對職業漫畫家面臨的什麼問題？

❶ 連載具有進度壓力
❷ 助手的流動率較高
❸ 編輯審稿標準刁鑽
❹ 異國文化適應不易

問題四 〔統整解釋〕

(　　)彭傑面臨不順遂時的處事態度，以哪一句話形容最為適合？

❶ 快樂的祕密並不在於尋求更多想要的，而是在於培養少欲的能力
❷ 老是尋求認同、在意他人的評價，到最後我們過的就是別人的人生
❸ 上帝沒有給你所想要的東西，不是你不配，而是你值得擁有更好的
❹ 世界上重要的事情，都是由在看似沒有希望、還持續努力的人所完成

給自己挑戰世界的機會

問題一 〔統整解釋〕

(　　) 為什麼作者要提到人們都曾寫過作文題目「我的志願」？

❶ 指出臺灣的教育方法一成不變
❷ 說明人們缺乏追求成功的野心
❸ 表示人們失去實現夢想的動力
❹ 呈現社會上充斥不切實際想法

問題二 〔統整解釋〕

(　　) 根據作者觀看賽車賽的經驗，美國對「非主流」領域的態度，與臺灣有何不同？

❶ 認為這些非常人能及的技能是遙不可及的
❷ 樂於接觸認識各種領域，屬於生活一部分
❸ 必須親臨活動現場，以行動支持冷門領域
❹ 每個人都應該要培養跨越不同領域的興趣

問題三 〔統整解釋〕

(　　)在工作期間遇到探索頻道來公司拍攝節目，為作者帶來什麼啟發？

❶ 非主流的領域較獨特，反而能製造話題引起注意
❷ 電視節目具有真實性，才能幫助了解非主流領域
❸ 臺灣沒有能發揮的舞臺，但不該因此而畫地自限
❹ 只要付出心力去實踐目標，有一天會被他人看見

問題四 〔統整解釋〕

(　　)「如果那個人可以辦到，為什麼我不行？」作者分享這句話的用意是什麼？

❶ 提醒讀者不要過於逞強
❷ 鼓勵讀者不要自我設限
❸ 反駁他人不看好的聲音
❹ 反省自己不該忘記初衷

問題五 〔省思評鑑〕

(　　)關於本文作者的寫作方式，下列何者正確？

❶ 使用問句與讀者對話，並引導其反思
❷ 描寫與他人對話內容，表現思考過程
❸ 透過全知的角度，揭露人物心理變化
❹ 引用他人的評論，挑戰敘事者的觀點

愈艱困的環境，愈能讓自己成長

問題一〔統整解釋〕

(　　) 下列何者不是影響馬祥原產生自卑感的原因？

❶ 常因為考不好被老師和父親懲罰
❷ 課業只擅長需要動手做的工藝課
❸ 馬祥原擅長的科目成績開始下滑
❹ 成績與同儕相比總是會差人一等

問題二〔擷取訊息〕

馬祥原認為在國中時期因學業成績被分了等級這件事反而帶給他什麼幫助？

請作答

問題三 〔統整解釋〕

(　　)根據本文，請問下列整理的表格何者錯誤？

	❶馬祥原對教育學習的看法	❷馬祥原對修車經驗的看法	❸馬祥原對家庭關係的看法	❹馬祥原對工藝技術的看法
學生時期	學科成績差是自卑感的來源	修車辛苦且影響外觀形象	照顧家庭是必須承擔的責任	喜歡且認真投入帶來成就感
長大之後	一味追求成績反而不能適性發展	實作經驗是日後成就的基礎	家人的期待與體罰造成叛逆行為	流血流汗的磨練能帶來榮耀

問題四 〔省思評鑑〕

(　　)關於本文的寫作手法下列何者正確？

❶ 使用倒敘的手法描寫其心路歷程
❷ 以先揚後抑筆法使角色形象鮮明
❸ 具有兩位明顯的敘事者講述故事
❹ 善用譬喻修辭描寫心境上的轉變

真心喜歡的事，就要好好保護它

問題一 〔統整解釋〕

(　　) 文中提及詹朴父親對於詹朴的教養方式，可以讓讀者理解何事？

❶ 詹朴可以如此成功全都歸功於父親對他的教育
❷ 詹朴父親與詹朴建立一種全新的親子相處模式
❸ 詹朴的教養方式是詹朴父親當時演講中的主題
❹ 詹朴可以自由發展興趣與父親的教育態度有關

問題二 〔擷取訊息〕

詹朴認為臺灣的老師和家長普遍對孩子缺乏什麼樣的態度？

請作答

問題三 〔擷取訊息〕

(　　)下列何者不是英國的教學方式？

❶ 重視學生在溝通和發想的訓練
❷ 培養創作者應有的全面性思考
❸ 注重業界與教學之間的銜接性
❹ 讓學生嘗試主導大型設計案件

問題四 〔統整解釋〕

(　　)某次演講學生向詹朴發問要怎麼樣才可以找到並實現夢想，下列何者可能是他的回答？

❶ 一步一腳印，認真讀書保持學業上的優秀
❷ 懷抱熱情多方嘗試，並為目標努力去爭取
❸ 選好目標就努力衝刺，絕不隨意半途而廢
❹ 從挫折中不斷學習，適時調整追夢的腳步

創作沒有束縛，就是好玩

問題一〔統整解釋〕

(　　) 根據陳致元本人的回憶，他的美學是如何養成的？

❶ 法國留學經歷
❷ 母親刻意培養
❸ 童年成長環境
❹ 獲得名師指導

問題二〔擷取訊息〕

(　　) 根據本文，陳致元的母親對其學習繪畫、成為繪本畫家的歷程有何重要影響？

❶ 以自由、開放的方式教育他
❷ 針對繪本創作提供個人意見
❸ 不時給予他物質、金錢援助
❹ 全力支持他完成第一本繪本

問題三 〔統整解釋〕

(　　)根據本文，陳致元如何看待其繪本創作風格的轉變？

❶ 更喜歡現在充滿童趣和生活氣息的風格
❷ 認為創作沒有束縛，應不斷嘗試與探索
❸ 只追求透過繪本創作來表達抽象的心境
❹ 期望在多種風格轉換間找到自己的定位

問題四 〔省思評鑑〕

(　　)本文可分為開篇的「數段描寫」與「Q&A」兩個部分。請問下列關於「數段描寫」與「Q&A」之於全文寫作表現的評論，何者正確？

❶ 前者提供較明確的敘事時間線
❷ 前者能更直接呈現受訪者感受
❸ 後者較難以使讀者產生代入感
❹ 後者小標問句可概括段落大意

用雙手疊起夢想

問題一〔擷取訊息〕

(　　) 下列何者是作者一開始接觸疊杯時所面對的困境？

❶ 對疊杯運動完全陌生
❷ 無法學會疊杯的技巧
❸ 母親反對作者玩疊杯
❹ 沒有參加比賽的機會

問題二〔擷取訊息〕

根據本文，作者用哪兩種方式方式讓世界看見臺灣？

請作答

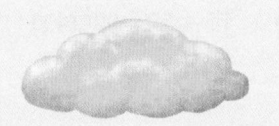

問題三 〔統整解釋〕

(　　)本文的主旨為何？

❶ 表達作者勇於嘗試、堅持理想的精神
❷ 詳細介紹疊杯運動的起源與發展現況
❸ 探討臺灣在國際上缺乏能見度的原因
❹ 批判臺灣社會長期對體育發展的忽視

問題四 〔統整解釋〕

(　　)如果將文中作者環遊世界的段落刪掉，是否會影響文章主題的表達？為什麼？

❶ 會；因為文中的環遊世界是影響作者疊杯生涯的重要事件
❷ 會；因為疊杯與環遊世界分別呈現了文章主題的不同部分
❸ 不會；因為作者決定環遊世界與其疊杯經歷沒有任何關係
❹ 不會；因為環遊世界與疊杯兩者所欲表達的主題完全重疊

問題五 〔省思評鑑〕

(　　)下列有關本文寫作手法的敘述，何者較為恰當？

❶ 使用倒敘手法描繪作者心路歷程
❷ 以第一人稱敘事加強故事代入感
❸ 以不同敘事視角更完整呈現故事
❹ 夾敘夾議，以實際經歷論證觀點

在白天做夢的人

問題一〔擷取訊息〕

(　　)為什麼比爾・蓋茲決定大力支持可汗學院？

❶ 女兒從該網站學會數學
❷ 薩爾曼・可汗博學多聞
❸ 線上教育事業獲利可觀
❹ 該網站能改變教育模式

問題二〔統整解釋〕

(　　)哪一項不是作者認為線上教學平臺可以帶來的好處？

❶ 學生可以分次將視頻看完，避免課堂上無法持續專心的問題
❷ 打破地域的限制，減少城鄉之間教育資源不平等的負面影響
❸ 學習速度較慢的學生可即時解決疑問，以便能跟上教學進度
❹ 減少學生到學校或補習班的時間，從而減少在教育上的支出

問題三 〔統整解釋〕

(　　) 為什麼作者願意放棄行醫，選擇成為誠致教育基金會的專案教師？

❶ 獲得誠致董事長賞識
❷ 發現自己不喜歡醫學
❸ 想要滿足學生的需求
❹ 達到更高的社會地位

問題四 〔擷取訊息〕

(　　) 請問作者如何找到自己的定義？

❶ 依據學歷、才藝、事業成就
❷ 朝著自己感興趣的事物發展
❸ 傾聽家人和朋友提供的意見
❹ 參考各世界名人的成功之路

生命的終極餅乾

問題一〔擷取訊息〕

(　　) 文中劉安婷考上普林斯頓大學時，認為人生的最終目標是什麼？

❶ 回臺灣投入偏鄉教育

❷ 改善落後國家的教育

❸ 欲終身從事國際志工

❹ 達成更高的個人成就

問題二〔統整解釋〕

(　　) 文章中提到劉安婷到迦納與海地教書的經驗，對於她來說有何意義？

❶ 了解世界還有更多比自己還要不幸福的人，自己應該感到知足

❷ 意識自己即使考上最好的大學，仍然有自己不會、不擅長的事

❸ 體會到生命的快樂不是追求成就帶來的，而是給予他人帶來的

❹ 認知到偏鄉教育非常需要外界更多的資金挹注，才能永續發展

問題三 〔統整解釋〕

(　　) 根據本文，劉安婷透過三個故事所欲傳達什麼事情？

❶ 她為何改變生命追求的事物
❷ 她經歷過什麼樣的人生困境
❸ 她如何與偏鄉學生進行互動
❹ 她為何想考進世界第一志願

問題四 〔省思評鑑〕

(　　) 作者如何傳達自己在不同人生階段的行為轉變？

❶ 本文中大量使用對話，以忠實呈現主角心境的變化
❷ 透過文學故事裡的情節，對照比較主角的生命經驗
❸ 使用象徵手法貫穿全文，並指出象徵物的意義改變
❹ 作者寫作時以順應內心意識流動為結構來進行敘寫

讓自己成為世界需要的那種人

問題一 〔擷取訊息〕

(　　) 許芯瑋提到的「魚與熊掌」是指哪兩件事情？

❶ 學生維持成績並且嘗試課外活動
❷ 發展學生的天賦並保持教學熱情
❸ 在行政工作與教學之間取得平衡
❹ 一邊擔任學校教師一邊推廣 DFC

問題二 〔統整解釋〕

(　　) 根據文章，下列何者是許芯瑋決定離職、全心全意推廣 DFC 的原因？

❶ 受瑟吉校長盛情邀約
❷ 教學熱情再度被點燃
❸ 在體制內教學受到百般阻撓
❹ 想活用自己優秀的外語能力

問題三 〔統整解釋〕

(　　)許芯瑋想以繪本《走進生命花園》說明什麼道理？

❶ 生命無常，應積極面對生活
❷ 挫折難免，應視其為墊腳石
❸ 發現世界的缺陷，勇於改變
❹ 應不受環境影響，維持初衷

問題四 〔統整解釋〕

(　　)請問這篇文章的寫作目的為何？

❶ 推廣 DFC 設計思考理念
❷ 鼓勵加入教育新創組織
❸ 祝福畢業生能一帆風順
❹ 分享人生經驗勉勵後學

問題五 〔統整解釋〕

(　　)下列何者最能突顯主旨成為這篇文章的副標題？

❶ 斜槓時代，多職多才正當道
❷ 女力崛起，打破性別的框架
❸ 莫忘初衷，你的力量無極限
❹ 突破自我，敲開創業的大門

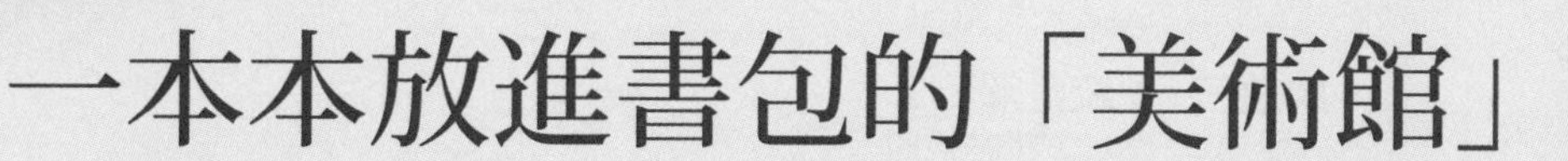

一本本放進書包的「美術館」

問題一 〔擷取訊息〕

（　　）根據本文，為什麼「美感細胞協會」選擇以教科書作為改變的起點？

❶ 大學畢業自教育相關的科系
❷ 不分貧富每個人都有教科書
❸ 教科書比起美術館更吸引人
❹ 數據顯示美感與教科書有關

問題二 〔統整解釋〕

（　　）根據本文，下列何者為「美感細胞協會」的終極目標？

❶ 改造全臺灣學校的教科書
❷ 提升臺灣人民的美感意識
❸ 縮短城市和鄉下教育差距
❹ 培育多位臺灣本土藝術家

問題三 〔統整解釋〕

(　　) 下列哪一句話比較適合當作「美感細胞協會」的宣傳標語？

❶ 課本有大美而不言
❷ 不是天生麗質，可以後天養成
❸ 世界不是缺少美，而是缺少發現
❹ 丟掉教科書，給孩子無限可能的美感教育

問題四 〔統整解釋〕

(　　) 下列何者並非傳統教科書缺乏美感的原因？

❶ 傳統教科書只為了傳遞知識
❷ 設計師沒有拿到合理的報酬
❸ 使用者不在乎教科書的美感
❹ 本土沒有專業教科書設計師

問題五 〔省思評鑑〕

(　　) 根據文本，「美感細胞協會」專案的經費來源與下列何者相似？

❶ 透過募款維持運作的社會團體
❷ 政府委託私人辦理的教育機構
❸ 組織成員主動捐款的教會團體
❹ 販售商品獲取利潤的有限公司

李榮峰斷掌的雙手，變成拯救動物的手

問題一 〔擷取訊息〕

(　　) 下列敘述何者是改變李榮峰的心態，不再成為麻煩人物的主因？

❶ 換到比較適合他的學習環境
❷ 龍伯伯訓練他的耐心與定性
❸ 從絕世武功中體悟人性本善
❹ 921 大地震時參與災區救援

問題二 〔統整解釋〕

(　　) 李榮峰創立 NOE 行動組織，並開始到學校演講是為了達到哪些目的？（複選）

❶ 宣導動物及環境保育的重要
❷ 推廣瀕危生物的物種及處境
❸ 分享學書法、練武術的心得
❹ 期望以自己的力量影響他人
❺ 向師生募集組織的救援款項

問題三 〔統整解釋〕

(　　) 文章中李榮峰認為最根本的動物保育應該要以什麼方式開始推動？

❶ 創立 NOE 組織
❷ 參與救援行動
❸ 推廣生命教育
❹ 執行 TNVR 步驟

問題四 〔統整解釋〕

(　　) 下列何者較可能為 NOE 行動組織的工作內容？

❶ 連署聲援罪犯人權
❷ 推廣武術相關研究
❸ 檢舉非法的繁殖場
❹ 舉辦性別平等遊行

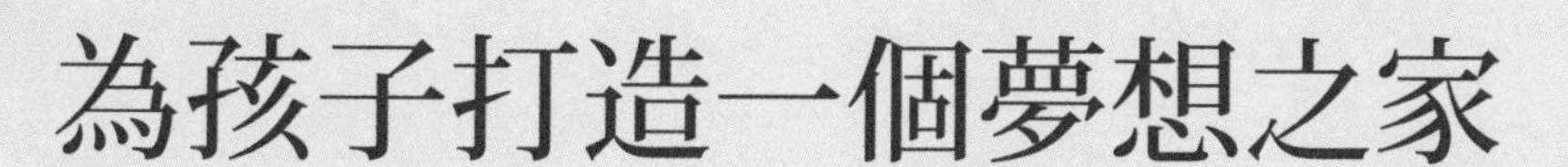

為孩子打造一個夢想之家

問題一〔擷取訊息〕

(　　) 下列何者是廖文華成立「夢想之家」的契機？

❶ 參與法律服務
❷ 至神學院進修
❸ 接觸社福機構
❹ 擔任教育志工

問題二〔擷取訊息〕

(　　) 根據本文，廖文華期望青少年能從夢想之家中獲得力量與信心，其方式為何？

❶ 與企業合作推動職涯探索
❷ 聘請老師來教導學業課程
❸ 培養青少年的才藝與技能
❹ 擔任偏鄉志工並幫助他人

問題三 〔統整解釋〕

(　　) 請問夢想之家給予青少年哪些面向的幫助？（複選）

❶ 品格的養成
❷ 經濟上的支持
❸ 法律諮詢協助
❹ 協助勒戒毒癮
❺ 輔導學校課業

問題四 〔統整解釋〕

(　　) 夢想之家扶助青少年的方式可以哪句話形容？

❶ 工欲善其事，必先利其器
❷ 給他魚吃，不如教他釣魚
❸ 各人自掃門前雪，莫管他人瓦上霜
❹ 勿以惡小而為之，勿以善小而不為

問題五 〔省思評鑑〕

(　　) 廖文華於文中提及華特・迪士尼及海倫・凱勒生平語錄的用意為何？

❶ 比較這兩個名人語錄間的差異
❷ 以反例作為其觀點的反面例證
❸ 引用實際的例子來支持其觀點
❹ 引述名人經驗為後文埋下伏筆

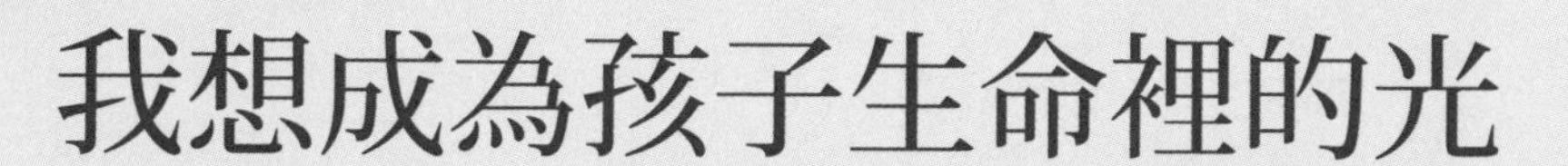

我想成為孩子生命裡的光

問題一〔擷取訊息〕

(　　　) 下列何者並非蘇文鈺選擇教偏鄉學生程式設計的原因？

❶ 符合當今的社會趨勢
❷ 可訓練學生思考能力
❸ 未來創業的門檻較低
❹ 能幫學生建立自信心

問題二〔統整解釋〕

(　　　) 蘇文鈺期許為偏鄉學生帶來何種影響？

❶ 改變偏鄉教育資源嚴重短缺的現象
❷ 漸進式培養專業能力，與社會接軌
❸ 提早進入職場實習以增加工作歷練
❹ 重建學生們學習基本學科的成就感

問題三 〔統整解釋〕

(　　)除了教學之外，蘇文鈺亦透過何種方式讓學生與自己的關係從陌生到信任？

❶ 以身作則勇敢走出舒適圈
❷ 盡心盡力付出與長期陪伴
❸ 與學生一同完成檢定考試
❹ 以團康遊戲帶動課堂氣氛

問題四 〔省思評鑑〕

(　　)四位學生閱讀完後，分別針對文章的寫作手法發表評論，請問下列哪位同學的發言錯誤？

❶ 廉廉：使用第三人稱的敘事角度
❷ 佳佳：引用訪談原話突顯真實性
❸ 葳葳：採用先敘後議法情理兼備
❹ 宜宜：以光的意象比喻學習希望

我們的成功，是失敗的累積

問題一　解答 ❸

根據文章第四段，主唱阿信在穿過自強隧道時想到：「明明時間、青春那麼短，為什麼花那麼多時間想的，不是該如何達到夢想，而是反覆的懷疑迷惑？」結束了「只能有一個自強隧道那麼長的迷惑」。故答案選（3）。

問題二　解答 ❶

D 願意為了音樂犧牲一切：團長怪獸在母親生病後體悟到音樂不是生命的全部。僅有 A、B、C 正確，因此答案為選項（1）。

問題三　解答 ❸

根據文章內容，五月天的音樂被形容為「正面積極的搖滾樂」，歌曲主題離不開愛、夢想、勇氣，他們的演唱會熱鬧、熱情還賺人熱淚。故答案為（3）。

問題四　解答 ❷

在「我跟失敗相處得滿好」段落，阿信說：「我們每個人都有機會變成一個後天自己努力來的李白。」即使天分不足，也能藉由不斷堅持努力，從失敗中學習，而逐漸進步。故答案為選項（2）。

當你覺得有困難，才有機會成長

問題一　解答 »

正確答出與「勇於嘗試」相關的答案。

根據文章內容，謝文憲提到：「我並沒有那麼厲害，一開始就很清楚知道自己想做什麼，但我有個優點，就是不怕去嘗試。」「勇於嘗試」的優點讓他在將來職涯發展中，勇於轉換跑道，從事不同的行業。

問題二　解答 ❶

在「正向心態面對問題」段落中，謝文憲請教同事遇到挫折時，需要多少時間重新振作？對方回覆他只要三十分鐘，這讓謝文憲體會到遇到難題時，應該思考如

何解決問題，而不是糾結在失敗的情緒。因此答案為選項（1）。

問題三　解答 ❶

謝文憲由於職場需求，必須到補習班增強自己的英文能力。他發現自己是補習班最年長的學生，但是他沒有因此打退堂鼓，還是努力把英文學好。因此作者特別描述他與同學的年齡差距，是為了突顯謝文憲遇到挫折時，勇於面對現實的精神。

問題四　解答 ❹

選項（1）、（2）：謝文憲替朋友兼課後，發現自己擁有的天賦十分適合這份工作，雖然科技業的工作待遇極好，但是他仍然踏出舒適圈，成為企業培訓講師，從這段經歷，可知「了解自我專長」、「勇於挑戰自我」是他的成功密碼。
選項（3）：根據文章內容，謝文憲在科技業時，遇到英文能力不足的困難，於是他去補習加強自己的英文能力，由此可知「遇到困難找方法」是他的成功密碼之一。

問題五　解答 ❶

「與眾不同學習密碼」的專欄內容，是以條列的方式，統整故事重點，也讓讀者能很快得知謝文憲的成功原因。因此答案為選項（1）。

想要創新，就不要怕失敗

問題一　解答 »

正確答出與「尊重大自然、永續、可回收、節能」相關答案，例如：利他、愛地球、注重環保、改善社會生活、不斷接近自然的本質。

在文中多處能找到資訊，如「尊重大自然、永續、可回收、節能」、「很愛地球，是謝榮雅的理念」、「創業十三年，他壯大創意與實作能力，設計更以利他的動機出發。『我做的設計，就是希望改善社會生活』」等段落，擷選一段回答即可。

問題二　解答 ❶

根據本文，「設計」是「創作」和「量產」的結合，如文中提到「數學是理性、畫畫是感性，我們就是在生活中慢慢陶冶出美感；而現在謝榮雅做工業設計，就是理性與美感的結合」、「沒有理性，感性就無法隨心所欲；也就是說，如何解決技術的問題，同時也能讓外表漂亮、充滿藝術性」等，因此答案為選項（1）。

問題三　解答 ❸

謝榮雅先後在許多企業中從事設計工作。文末提到：「飲水思源的他，眼見產業外移，產業技術不斷流失，中國的實力崛起，現在，他更企圖以設計與那些決心打國際品牌的臺灣中小企業，攜手打入國際。」可得知答案為選項（3）。

問題四　解答 ❹

IDEA 對謝榮雅設計的「似水年華圍籬」評價為：「這設計有無限可能性，基於安全性與對環境的友善，國家應該立法使用這項設計。」基於這個理念，應考慮「安全」、「環境友善」等因素。因此「回收塑料製成的文創商品」為較佳的選項。

靠自己的力量，實踐火箭夢

問題一　解答 ❸

文本第五段提到，吳宗信喜歡刺激的、未知的東西，例如對於火箭他就百做不厭。因此答案為選項（3）。

問題二　解答 ❷

在「球隊訓練，讓我學會合作」段落中，吳宗信表示橄欖球隊的訓練養成了他認真負責的習慣，也讓他學會合作，因此答案為選項（2）。

問題三　解答 ❷

本文敘述了吳宗信鄉下長大的經驗以及他參加橄欖球校隊的訓練，如何對他做事的堅持產生影響；第十段也提到吳宗信認為年輕時做的種種探索與學習，並不會徒勞無功，因為以後都有機會派上用場。因此答案應為選項（2）。

問題四　解答 ❹

吳宗信後來學有所成，並召集各界人才組成 ARRC 團隊，在航太領域取得成功，與第一段的家境描述形成對比，藉此突顯吳宗信一路以來的轉變。

寫下 50 個願望，做更好的自己

問題一　解答 ❶

王永福畢業後在建築業工作，當他想像五年後的自己，他知道「巡更多工地、開更多會議、吵更多的架」不是他要的生活，他開始思考其他可能，決定要轉換工作。

問題二　解答 ❸

根據王永福對這三段職涯轉折的回顧，第一份工作是「讀什麼做什麼」；再來是「做什麼可以賺錢」；最後的管理顧問工作才是「我可以把什麼事情做到最好」。

問題三　解答 ❸

王永福認為列下願望清單的重點並不在於是否全部完成，而是在這個過程中，透過整理與省思，更了解自己最內在且真實的渴望。因此答案為選項（3）。

問題四　解答 ❶

選項（1）：Google、台積電、鴻海、Nike 都是王永福的客戶，顯示他現在的成功。
選項（2）：根據本文，王永福過去曾努力翻譯了知名簡報大師瑞紐迪跟杜阿爾特的簡報文章及影片，以增進自己的教學能力。
選項（3）：王永福在多方嘗試中，主動籌辦 EMBA 聯誼活動，也曾邀請馬英九到中部演講，藉此修煉自己的能力。
選項（4）：「年薪百萬、BMW 名車、名錶、名筆」顯示王永福在第二份工作時，以「賺錢」為追求的目標。

找一件最喜歡的事，做到最好

問題一　解答 ❸

在文章第三段，陳星合提到他小時候對工作的認知就是賺錢以供溫飽，藉以讓他獲得安全感。故可知正解為選項（3）。

問題二　解答 ❷

陳星合為了進入太陽馬戲團，以自學滑板的經驗為基礎，主動尋找學習的機會、擬定自主練習的計畫，一步一腳印的往夢想前進。可知正解為選項（2）。

問題三　解答 ❷

在「勇敢邁步，人生自然發光」一段中，陳星合回想自己建立自信最有效的方法是「練習」，而且只要練習的結果有進步，就讓他更能堅持下去。

問題四　解答 ❶

陳星合離開太陽馬戲團之後，開始收到各界邀約，進入校園、企業演講，後來他成立了星合有限公司，以分享其馬戲雜耍經驗，鼓勵聽眾為夢想而努力。

求第一，還是怕輸？

問題一　解答 ❹

郭瑞祥在文中以自身經驗為例，指出每科拿第一名的學生，為了追求好成績，常忽略了學習的本質和其他有價值的事物。

問題二　解答 ❶

根據「『怕輸』文化造成保守的心態」段落，郭祥瑞提到，臺灣學生因為怕輸、怕被別人笑的心理，上課時總是沉默者占多數。可知答案為選項（1）。

問題三　解答 ❸

文中提到：「怕輸、怕沒面子的心理框架，一直到現在，仍然在很多個體、甚至很多企業發展上看到，形成一種保守的文化，妨礙創新的嘗試。」因而選項為（3）。

問題四　解答 ❷

郭瑞祥在文中指出臺灣學生的問題：害怕失敗，並提出自己的見解和建議：無懼失敗、勇於嘗試。因此選項（2）會是最佳解答。

創新是一種態度，不是一種制度

問題一　解答 ❷

文章開頭提到翟本喬國小四年級的經驗，讓他覺得這就是「教育體制過分重視標

準答案所帶來的問題」，因此選項（2）為正解。

問題二　解答 ❸

根據翟本喬回答雜誌提問的內容可知，訪談問題應該著重企業如何培養創新的態度，題目可以改為選項（3）「Google 如何激發員工的創新精神？」。

問題三　解答 ❹

翟本喬認為：「沒有犯錯的機會，就沒有成長的機會」、「在不確定的時候要勇於去嘗試」，可知不害怕失敗、勇於嘗試的重要性。

問題四　解答 ❶

翟本喬給讀者的建議有四項：維持自省的習慣、勇於挑戰標準答案、多嘗試並且從錯誤中學習、累積未來資本。而「盡信書，則不如無書」是指讀書不要拘泥於書上或迷信書本，和作者給予的建議有相似的意思。

我不是跨界，是勇於撕掉各種標籤

問題一　解答 ❸

文章前十一段的內容是熊信寬在成為嘻哈創作歌手前的人生回顧，這些人生經歷因為熊信寬成為饒舌歌手而變成一串有意義的事跡，因此答案應為賈伯斯的發言。

問題二　解答 ❷

熊信寬提到自己喜歡閱讀奇幻的、天馬行空的小說，這些小說帶給他想像空間，可以推測閱讀經驗對於他追求創作帶來的影響。

問題三　解答 ≫

正確答出與「依據主觀或偏見對不了解的人給予評價」相關答案。

從文中可推測，「標籤」應指人們依據主觀意見或偏見去評價自己不了解的人。

問題四　解答 ❸

文中提到熊信寬家族中有十個博士，藉此與他玩嘻哈的選擇形成對比，因此答案為選項（3）。

問題五　解答 ❸

選項（1）：熊信寬在「我一直在打破限制，撕掉標籤」段落說：最重要的標籤是「認識自己是誰」。
選項（2）、（4）：在「生命之路，無限寬廣」段落中，他鼓勵大家在年輕時盡量探索自己，先完成現階段的目標，再朝著下一個里程碑邁進。

我要用漫畫，感動全世界

問題一　解答 »

正確答出與「日本漫畫人才眾多，競爭激烈」相關答案。

根據文章第六段，黃鎮龍說：「日本漫畫很競爭，人才也很多，要有非日本人能上去發表，不容易、不簡單」得知。

問題二　解答 ❸

根據「不怕被挑剔，改到編輯點頭」段落中可以得知，彭傑會堅持創作精神為原則，並配合市場取向改變。

問題三　解答 ❶

「赴中練兵，磨出職業級水準」段落提及，彭傑建立穩定自律的生活方式是為了消化工作進度並能長期奮鬥。

問題四　解答 ❹

後來彭傑因為日本發生地震得不到回音，因而轉向中國發展，並同時畫完新作給日方。在「十八頁 SOP，讓創作高效能」段落更提及，彭傑發展不順遂的時候也沒有放棄努力，並認為自己應該持續堅持下去。

給自己挑戰世界的機會

問題一　解答 ❸

根據第四、五段，作者提到在大家的作文當中，原本都曾記錄下遠大的夢想和目標，卻隨著環境的限制、旁人的眼光而放棄了。以過去與現今的對照，傳達出人漸漸失去實現夢想的動力，故應選（3）。

問題二　解答 ❷

根據第七段，作者在美國的期間，在極限運動現場，觀察到有許多美國家庭參與其中，非主流的事物在臺灣卻與人們非常疏離，兩者相比之下，前者抱持著相當開放的態度，體驗與接觸不同的事物，成為日常生活的一環，故應選（2）。

問題三　解答 ❹

根據第十二段，作者在當下感受到：如果全神貫注將一件事情做到最好，自然會得到他人的協助與支持。故應選（4）。

問題四　解答 ❷

根據文章末段，作者想將這句話傳達給想要追求夢想或是面對生涯困境的人們，鼓勵他們不要因為挫敗而自我貶低及畫地自限，故答案應為（2）。

問題五　解答 ❶

根據第五、十三段，作者藉由開放式的提問內容，使讀者反思對於追求夢想的看法，故答案應選（1）。

愈艱困的環境，愈能讓自己成長

問題一　解答 ❷

從本文中敘述馬祥原求學經歷的內容中可知，馬祥原國中時只有工藝課表現好，因而找回一點自信心。

問題二　解答 »

正確答出與「讓自己可以變成更加茁壯，生存得比別人更好」相關答案。

文章倒數第二段提到，馬祥原在孩子依成績好壞被分等級的環境中成長、學習，但他不覺得委屈，反而認為這樣的環境使自己變得更茁壯，生存力比別人更好。

問題三　解答 ❸

選項（3）：馬祥原學生時期對於家庭的態度，從「那段蹺課、被處罰的日子」以及「工藝課是唯一有成就感的課」兩個段落可以得知，學生時期的馬祥原對於家

人的期待與體罰而有叛逆行為。在「把實作經驗當成學習的基礎」的段落中，可以看到馬祥原後來認為應該替家裡分擔責任，因此推論長大之後的態度為「照顧家庭是必須承擔的責任」。由此可知，「對於家庭關係的看法」一欄，表格內容應該相反，因此為錯誤答案。至於其他選項都可從文中敘述找到印證。

問題四　解答 ❶

本文開頭先敘述馬祥原代表臺灣遠赴韓國，在國際技能競賽汽車鈑金組獲得兩面金牌，以及載譽回國後受到表揚的情景。再把時間線拉回小時候，敘述他的成長歷程。故選項（1）為正解。

真心喜歡的事，就要好好保護它

問題一　解答 ❹

在文中可知詹朴的父親並沒有主動培養詹朴，將他塑造成某個特定模樣。而是他的態度讓詹朴知道，自己可以放手去做任何事。

問題二　解答 »

正確答出與「對孩子抱有信心」相關答案。

在採訪的問題四和五中，可以發現詹朴認為臺灣老師與家長普遍對孩子缺乏信心。

問題三　解答 ❸

詹朴在訪談的問題五中指出「注重業界與教學之間的銜接性」是臺灣的教學特性，因此答案應該為（3）。其他選項皆可在詹朴於問題四的回答找到。

問題四　解答 ❷

在採訪的問題五中，詹朴最後對臺灣孩子提出建議，希望學生們去尋找自己喜歡的事，找到後努力爭取捍衛，因此答案應該選擇（2）。

創作沒有束縛，就是好玩

問題一　解答 ❸

陳致元認為自己的美學來自童年的美好回憶。母親呵護他喜歡畫畫的心願，未給

予學習上的限制，沒有壓力的成長體驗讓他能沒有束縛的創作。

問題二　解答 ❶

陳致元回憶：「我很感謝我母親，她沒有給我學習上的限制，沒有叫我一定要怎樣，也沒說老師一定是對的。這種開放、自由的學習空間對我很重要。」

問題三　解答 ❷

陳致元的畫風從成人走向童趣感，與其個人的生活經歷有關。但他表示繪本創作要不斷嘗試，找到新的畫風，因此不會留戀過去的風格。故答案為選項（2）。

問題四　解答 ❹

本文前半部內容為陳致元的簡介、記者的觀察及訪談摘要，而後半部的內容是陳致元本人針對每個提問的回答，因此讀者可從記者的訪題了解該段的段落大意。

用雙手疊起夢想

問題一　解答 ❶

文中第四段提到：「一開始我誤打誤撞在網路拍賣網站上買了一組疊杯，但買回來才發現自己根本不知道怎麼玩這十二個有洞的杯子」，可以得知正確答案為「對疊杯運動完全陌生」。

問題二　解答 »

正確且完整答出（1）、（2）兩項答案：

（1）「參與拍攝在臺灣各地疊杯的影片」相關答案：和 Kuma Films 合拍一個在臺灣各地疊杯的影片。

（2）「在疊杯世界賽中奪冠」相關答案：成為世界競技疊杯 15 到 16 歲女子組 3—3—3 冠軍。

在「邁向世界疊杯冠軍之路」的段落中提到，林孟欣發現許多人不知道臺灣在哪而拍了一部影片，讓世界更多人看見臺灣；獲得疊杯冠軍時，大會提到選手來自臺灣，林孟欣也揮舞著國旗，希望能讓世界看到臺灣。

問題三　解答 ❶

從林孟欣在疊杯競技中獲得世界冠軍，以及環遊世界的經歷可以推論，本篇主旨應為「表達作者勇於嘗試、堅持理想的精神」。

問題四　解答 ❹

本文主旨是勇於嘗試、堅持理想，而林孟欣獲得疊杯冠軍的經歷也呼應了文章主旨，因此即使刪除環遊世界的段落，也不會影響到本文主題的表達。

問題五　解答 ❷

文章主要以第一人稱敘述林孟欣開始疊杯競技，並成為冠軍的經歷及其環遊世界的故事，讓讀者透過林孟欣的視角，一起經歷她的故事。

在白天做夢的人

問題一　解答 ❹

根據「連比爾．蓋茲都在意的事」段，比爾．蓋茲認為可汗學院的模式，可以帶來自主學習的教育革命，因此透過基金會支持，故應選（4）。

問題二　解答 ❹

作者以可汗學院為例，認為線上教學平臺可以讓學生即時得到解答，並且解決學生事注力不佳的問題；另外作者也提及臺北及臺東的學生使用均一教育平臺的經驗，強調地域間的資源差異能因此被改善。因此應選文中未提到的選項（4）。

問題三　解答 ❸

作者並不討厭醫生這個職業，不過對於教育更具有熱情及使命感，享受啟發學生的過程，讓學生的需求得到滿足，所以才選擇教師之路。

問題四　解答 ❷

根據第四、五段，作者強調傾聽自己聲音的重要性，並且引用歐普拉的話佐證，認為在興趣上發展能力，才是對自己負責任，故應選（2）

生命的終極餅乾

問題一　解答 ❹

根據本文第七、八段，劉安婷把餅乾比喻成成就，而她考進普林斯頓大學後，覺得人生最終目的是吃下一塊更大的餅乾，也就是更大的成就。

問題二　解答 ❸

根據本文最後四個段落，劉安婷提及，她因為瑪麗與海地的孩子才開始恢復知覺，並說「生命的破碎原來是為了給予」，這才是最令人飽足的餅乾。

問題三　解答 ❶

劉安婷透過第一則故事來說明她以前只會不斷追求更高的個人成就；第二則與第三則故事則說明她從追求個人成就的終極餅乾，到回臺灣創辦 TFT 的旅程，並指出她因為到迦納與海地教書，而體悟到人生最令人飽足的餅乾是給予。

問題四　解答 ❸

本文以餅乾作為象徵物，根據第一則故事能知道，劉安婷用餅乾象徵自己所追求的事物，在去迦納與海地教書前，餅乾指的是個人的成就。教書之後，劉安婷想追求、想吃的終極餅乾變成了給予、祝福他人，因此答案為選項（3）。

讓自己成為世界需要的那種人

問題一　解答 ❶

根據本文第七段：「如果可以顧及兩種家長的要求：帶著學生『做好事』而且『成績好』，魚與熊掌兩者兼得該有多好。」可知，「魚與熊掌」即指「做好事」和「成績好」兩者。「做好事」則指公益性質或能改變世界的課外活動。

問題二　解答 ❷

根據「第二個重大人生選擇」段落，作者在看到班上學生 DFC 示範挑戰的表現後，教學熱情再度被點燃，想嘗試於全臺推廣 DFC 的理念。為此，作者才下定決心離開教職。故選項（2）即為本題答案。

問題三　解答 ❸

《走進生命花園》中的主角，在發現世上的戰爭、貪婪和仇恨之後，會想到人們需要和平、學習分享和擁抱；對於世界的醜陋，能看見改變的契機。此即「發現世界的缺陷，勇於改變」之理。

問題四　解答 ❹

本文主要透過作者在 DFC 教育之路上，面臨各種抉擇時的想法及其後續發展，帶出檢驗人生中所做選擇的三個面向（天賦、熱情、利他），進而勉勵讀者能勇敢做出符合個人初衷的選擇。故選「分享人生經驗勉勵後學」。

問題五　解答 ❸

本文旨在藉由作者自己的人生經驗及選擇策略，勉勵讀者能夠勇於做出符合初衷的選擇，是以選項（3）最能突顯本文主旨。

一本本放進書包的「美術館」

問題一　解答 ❷

「讓美感成為孩子生活的一部分」段落中提到「孩子們不分社經地位、不論城鄉差距，每天都要跟教科書面對面八小時」，由此可知教科書作為改變起點的原因在於「不分貧富每個人都有教科書」。

問題二　解答 ❷

本文提到「美感細胞協會」的三位創辦人受到北歐交換的經驗啟發，因此致力於提升臺灣社會所缺乏的美感意識，並選擇教科書作為改良的對象，希望設計出具美感的教科書供臺灣的學校使用。由此可知這項專案計畫，目的在於透過新的教科書呈現美感，進而「提升臺灣人民的美感意識」。

問題三　解答 ❶

根據本文，「美感細胞協會」的目標在於提升臺灣的美感，並選擇教科書的設計美化作為他們的對象。美感細胞團隊並未否定教科書的存在必要而試圖廢除教科書的使用，因此「課本有大美而不言」更適合被用作「美感細胞協會」的宣傳標語。

問題四　解答 ❹

本文中提到許多學校更在乎課本的實用性，所以設計時還是要回到實用性與美感的平衡上。另外，團隊的一員張柏韋也提到：「無論是最重度的使用者，或是教科書的生產者，都很少在乎美感、設計的優劣」，且廠商也不願意拿出合理報酬來支持設計師產出質量均優的內容，因此可知問題並不在臺灣缺乏教科書設計師。

問題五　解答 ❶

本文第五段提到「美感細胞一教科書再造計劃」成立時發起募資計劃，在兩個月內就成功募得超額的資金。由此推斷與「美感細胞協會」的專案經費來源最接近的應為「透過募款維持運作的社會團體」。

李榮峰斷掌的雙手，變成拯救動物的手

問題一　解答 ❷

李榮峰在國中時期原本是校方眼中的麻煩人物，卻因為校工龍伯伯要他幫忙澆花，並教他寫書法，間接的讓他逃過許多校內糾紛，也磨出他的耐心與定性。

問題二　解答 ❶、❹

根據本文，李榮峰經常到各級學校進行演講，是希望可以以自身的經驗，幫助更多缺乏動機、對人生沒有方向的年輕人找到目標，並分享自身搶救流浪動物的經驗來推廣生命教育、教化人心。

問題三　解答 ❸

李榮峰表示：「當我們從教育做起，讓孩子開始學習尊重生命，自然而然就不用刻意去推動動物保育工作」，可見他認為最根本的動物保育要從推廣生命教育開始。選項（4）：執行 TNVR 步驟（捕捉、節育、釋放，英文：Trap Neuter Vaccinate Return，縮寫：TNVR）只能減少流浪動物的繁殖，並非最根本的動物保育方式。

問題四　解答 ❸

文中提及 NOE 行動組織不只在街頭搶救流浪動物，也救援受虐、被捕獸夾困住的貓狗，因此可推論出該組織關注動物受困、受虐的議題，故「檢舉非法的養殖場」最有可能是 NOE 行動組織的工作內容。

為孩子打造一個夢想之家

問題一　解答 ❶

根據文章第二段，作者曾經參與法律服務，幫助因經濟困難而請不起律師的人，並從中了解到法律不一定能幫助青少年，因此他決定成為一名牧師，創辦夢想之家，不只為青少年打造一個溫暖的家，同時也幫他們找到夢想。

問題二　解答 ❹

夢想之家提供免費課程給弱勢青少年，條件是他們需要「上品格課程」和「當志工」，因為夢想之家相信青少年是受助者也是助人者，以此給予他們力量與信心。

問題三　解答 ❶、❷、❺

根據文章，夢想之家提供晚餐、技職培訓等，給予青少年「經濟上的支持」。要求青少年上品格課程，則是期望青少年能「養成良好的品格」。而安排課輔班老師教導學業，則是「輔導青少年的學校課業」。

問題四　解答 ❷

夢想之家並不是單純的給予青少年一次性的金錢救助，而是藉由課程、志工和職涯探索計畫，幫助青少年找到一生的志業和使命，改變他們和家庭的未來，這些青少年也為社會帶來貢獻，進而幫助更多青少年。因此答案為選項（2）。

問題五　解答 ❸

作者在文末提到了華特．迪士尼及海倫．凱勒這兩位皆是身在逆境，卻願意努力向前的名人，最後再提及自己有同樣不順遂的成長歷程，但他幫別人圓夢時，自己也獲得許多成長和愛。故本文提及這兩位名人的用意，是希望藉由他們的例子來支持作者的觀點。

我想成為孩子生命裡的光

問題一　解答 ❹

在「學習程式設計，是培養邏輯思考的第一步」段落中，蘇文鈺談到教學生寫程

式的各種原因，並沒提到「能幫學生建立自信心」相關內容。

問題二　解答 ❷

「學習程式設計，是培養邏輯思考的第一步」段落中提到：「由淺入深的帶領學生寫程式，目標是經過七年的奠基，孩子便能接軌工程師賴以維生的數種高階語言，並且具備專案開發的能力。」可以推論正確答案應是選項（2）。

問題三　解答 ❷

「未來，期待孩子可以留鄉創業」段落提到從成功大學到東石鄉的車程時間長，但蘇文鈺堅持每一次都到場，到最後終於可以和孩子勾肩搭背的相處。

問題四　解答 ❸

本文主要是以第三人稱描述並穿插訪談原話，呈現蘇文鈺投入偏鄉程式教育的故事和理念。文中蘇文鈺提到的「成為孩子生命中的光」，即是指給予孩子學習的希望，期望翻轉孩子們的命運。根據上述資訊，選項（3）錯誤。

題目設計｜品學堂
責任編輯｜林欣靜　特約編輯｜高淩華　美術設計｜李宛俐　行銷企劃｜葉怡伶

天下雜誌群創辦人｜殷允芃　董事長兼執行長｜何琦瑜
媒體暨產品事業群
總經理｜游玉雪　副總經理｜林彥傑
總編輯｜林欣靜　行銷總監｜林育菁　副總監｜李幼婷　版權主任｜何晨瑋、黃微真
出版者｜親子天下股份有限公司　地址｜臺北市 104 建國北路一段 96 號 4 樓
電話｜（02）2509-2800　傳真｜（02）2509-2462　網址｜ www.parenting.com.tw
讀者服務專線｜（02）2662-0332　週一～週五 09:00~17:30
讀者服務傳真｜（02）2662-6048　客服信箱｜ parenting@cw.com.tw
法律顧問｜台英國際商務法律事務所 · 羅明通律師
製版印刷｜中原造像股份有限公司
總經銷｜大和圖書有限公司　電話（02）8990-2588
出版日期｜ 2020 年 7 月第一版第一次印行
2024 年 8 月第一版第十次印行
定價｜ 120 元　書號｜ BKKCI016P

訂購服務
親子天下 Shopping ｜ shopping.parenting.com.tw
海外 · 大量訂購｜ parenting@cw.com.tw
書香花園｜臺北市建國北路二段6巷11號　電話（02）2506-1635
劃撥帳號｜ 50331356 親子天下股份有限公司

立即購買 >
親子天下　親子天下 Shopping

優質文本 X 深度理解

從閱讀梳理思路，培養解決問題的學習力

《閱讀素養題本》每道提問均有清楚具體的評量目標，分為「擷取訊息」、「統整解釋」、「省思評鑑」，配合詳解，能幫助讀者辨識文本重要結構，充分了解文章意涵與背後假設，並結合自身經驗提出個人觀點。期待讀者透過題目的引導，更進一步的理解選文，有效提升閱讀素養與思考探究，從而獲得面對生活各種問題的關鍵能力！

題目設計團隊　品學堂

2013 年，品學堂《閱讀理解》學習誌創刊，全力投入閱讀評量與文本的研發；以國際閱讀教育趨勢與 PISA 閱讀素養為規範，團隊設計的每一篇文本與評量組合，即為一次完整的閱讀素養學習。為孩子與教學者，提供跨領域閱讀素養教學教材及線上、線下整合的學習評量系統。

為推動全面性的閱讀素養教育，品學堂也走向教學現場，與各級學校和教育主管單位合作，持續為教師提供閱讀教育增能研習，同時為學生開辦營隊。期望讓我們的下一代能閱讀生活、理解世界、創造未來。

親子天下 Education · Parenting Family Lifestyle
BKKCI016P NT$120 4717211027813 00120